NATIONAL GEOGRAPHIC

EXPLORER ACADEMY

探險家學院

獵鷹的羽毛

楚蒂・楚伊特 Trudi Trueit ——著
韓絜光 ——譯

Boulder Media 大石文化

STATES
ATLANTIC
OCEAN
BRAZIL
AMERICA

NORTH
PACIFIC
OCEAN
SOUT
PACI
OCEA

滿懷我的愛，獻給珍妮
——楚蒂・楚伊特

探險家學院2——獵鷹的羽毛

作　　者：楚蒂・楚伊特
翻　　譯：韓絜光
主　　編：黃正綱
資深編輯：魏靖儀
美術編輯：吳立新
行政編輯：吳怡慧

發 行 人：熊曉鴿
總 編 輯：李永適
印務經理：蔡佩欣
發行總監：邱紫珍
圖書企畫：黃韻霖

出 版 者：大石國際文化有限公司
地 址：新北市汐止區新台五路一段97號14樓之10
電 話：（02）2697-1600
傳 真：（02）8797-1736
印 刷：群鋒企業有限公司

2024年（民113）5月初版五刷
定價：新臺幣 380 元／港幣 127元
本書正體中文版由National Geographic Partners, LLC 授權大石國際文化有限公司出版

ISBN：978-957-8722-62-0（平裝）

＊本書如有破損、缺頁、裝訂錯誤，請寄回本公司更換

總代理：大和書報圖書股份有限公司
地址：新北市新莊區五工五路2 號
電話：（02）8990-2588
傳真：（02）2299-7900

國家地理合股企業是國家地理學會和華特迪士尼公司合資成立的企業。結合國家地理電視頻道與其他媒體資產，包括《國家地理》雜誌、國家地理影視中心、相關媒體平臺、圖書、地圖、兒童媒體，以及附屬活動如旅遊、全球體驗、圖庫銷售、授權和電商業務等。《國家地理》雜誌以33種語言版本，在全球75個國家發行，社群媒體粉絲數居全球刊物之冠，數位與社群媒體每個月有超過3億5000萬人瀏覽。國家地理合股公司會提撥收益的部分比例，透過國家地理學會用於獎助科學、探索、保育與教育計畫。

國家圖書館出版品預行編目（CIP）資料

探險家學院——獵鷹的羽毛
楚蒂・楚伊特Trudi Trueit 作；韓絜光 翻譯. -- 初版. -- 新北市：大石國際文化, 民108.9
頁；14.8 x 21.5公分
譯自：Explorer academy : the falcon's feather

ISBN 978-957-8722-62-0（平裝）

874.57　　108014120

「探險家學院」系列第一集
《涅布拉的祕密》各界讚譽

「充滿啟發性的故事，能鼓勵新一代充滿好奇心的孩子以行動投入這個世界，發現意想不到的事物。」——**詹姆斯・卡麥隆，國家地理駐會探險家，電影導演**

「這本國家地理旗下全新子品牌的開門之作充滿了高科技冒險情節，融入了眾多關於現實世界的酷炫尖端知識，以及趣味性十足的多樣化角色，讓人讀來欲罷不能。」——**《科克斯書評》（Kirkus）**

「精采至極！探險家學院對讀者的情感與理智都是一場過癮的盛宴——有驚險刺激、激勵人心的旅程，有逼真的角色，有奇妙的場景，還有凶險無比的危機。就像我們只有一個地球一樣，這個系列小說也是絕無僅有的。別再猶豫，立刻加入這場令人不可自拔的冒險吧！」

——**T. A・貝倫，《傳奇魔法師梅林》系列小說作者**

「不間斷的冒險行動，搭配全彩照片與插圖，讓這本書不論對滿懷抱負的探險者，還是不情不願的小讀者，都一樣深具吸引力。扣人心弦的結尾更保證讀者肯定會回頭敲碗下一集。」

——**《學校圖書館學報》（School Library Journal）**

「《探險家學院》絕對能喚醒讀者內心的冒險因子和對世界的好奇心。你不一定要聽信我的話，自己看看克魯茲、亞米、莎樂和蘭妮的冒險就知道了！」

——**里瓦・波頓（LeVar Burton），《閱讀彩虹》節目主持人**

「熱愛破解密碼與尖端科技謎題的孩子一定會大呼過癮。」

——**《書單》雜誌（Booklist）**

「《探險家學院》在步調快速的情節進展中，描繪出在探索中學習的力量。克魯茲的探險充分展現了親身獲得的第一手發現是多麼振奮人心的事，能啟發孩子養成探險家的心態。」——**丹尼爾・雷文－艾利森（Daniel Raven-Ellison），國家地理探險家、游擊地理學家**

「……這本書真正動人的力量在於書中的冒險，書中主角……破解謎團和虛擬任務……地圖、信件和謎題把探險帶入生活，附錄更一探『虛構故事背後的真實科學』……這本精彩的開門之作，帶領年輕讀者透過故事感受科學與自然的樂趣。」

——**《出版人週刊》（Publisher's Weekly）**

「這是我看過最好看的書……我好像也和他們一起在探險！」——**米莉安，十歲**

H 位於左舷
K
J
I
Q
M
N
R

獵戶座號船艙配置圖

A 水上運動室
B 教職員辦公室
C 醫務室
D 會議室
E 教室
F 觀測甲板
G 圖書室
H 廚房／餐廳
I 實驗室
J 艦橋
K 直升機停機坪
L 教職員住艙
M 交誼廳
N 船員住艙
O 探險者住艙
P 迷你洞穴
Q 天井
R 儲藏室／控制室

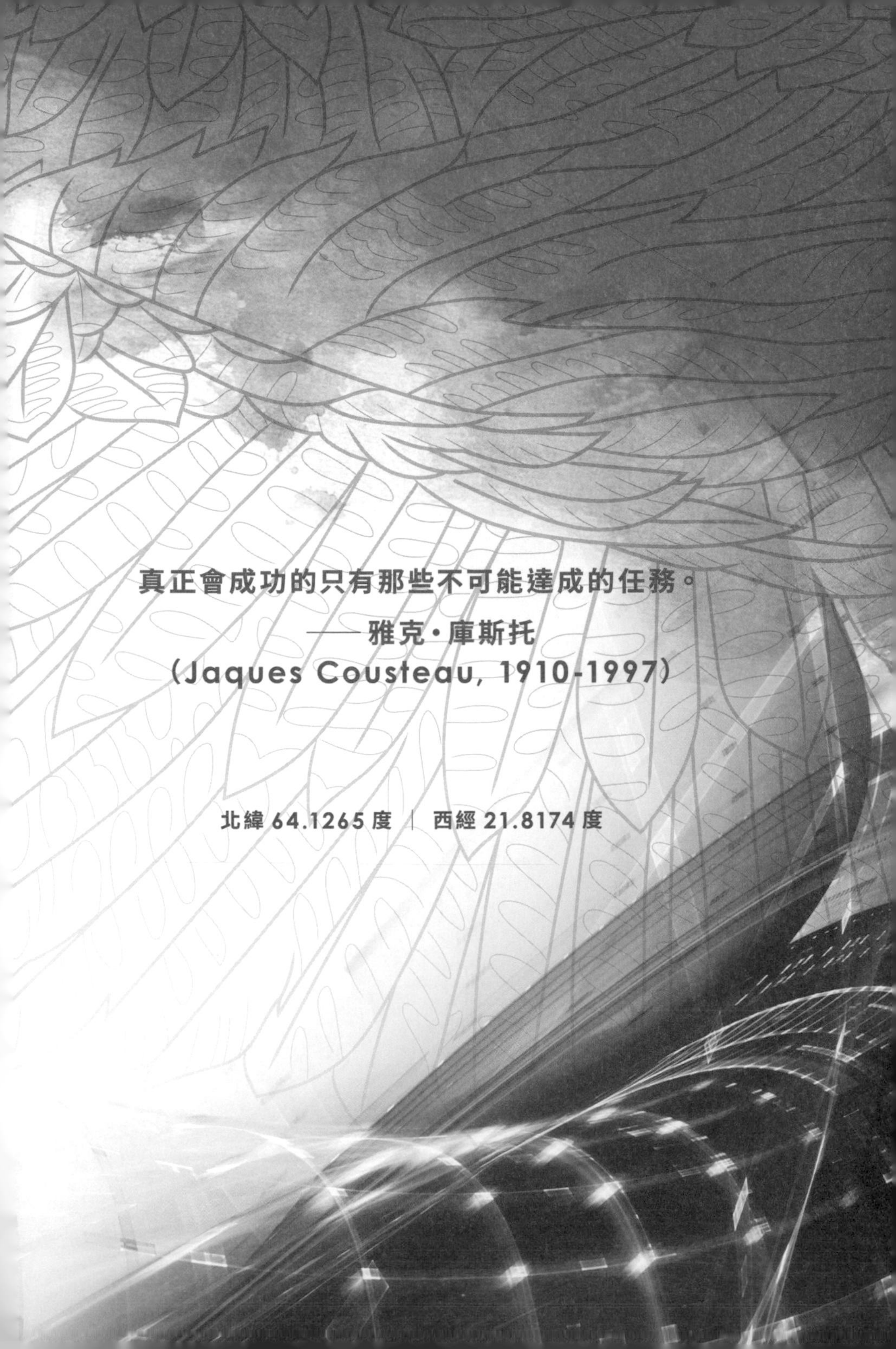

真正會成功的只有那些不可能達成的任務。

——雅克・庫斯托

(Jaques Cousteau, 1910-1997)

北緯 64.1265 度 ｜ 西經 21.8174 度

1

美國
馬里蘭州，
國家港口碼頭

二〇二二號艙房門口探出一顆頭，粗粗的榛果色馬尾在頭頂上甩來晃去。「你還沒拆好行李呀？」

「快了。」克魯茲給了莎樂一個沒把握的笑容。他伸手進行李箱，摸到最後一樣物品，心跳立時漏了一拍。那是一個鼓鼓的黑碳球，他希望裝在裡面的寶貝沒壞，但八成是壞了。怎麼可能不壞呢？

即使蘭妮在拆解的時候沒有弄壞，但用郵遞無人機從夏威夷送來的路上經過了整整一夜，恐怕多少會有損傷。克魯茲輕輕拍打類似泡棉的碳殼，直到接縫裂開，再小心翼翼把碳殼分開，讓裡面那個手掌大小的銀色半圓球破繭而出。看起來沒事，不過克魯茲還不能確定，要等到他觸碰圓球表面，確實看見母親與小時候的他在海灘的全像投影浮現出來才行。他哼著披頭四的《太陽出來了》，把銀球擺到床頭櫃上，就放在裝了母親遺物的水藍色盒子，和他的蜂型無人機魅兒中間。克魯茲猶豫了一下。現在或許還不是檢查影片有沒有受損的最佳時機。萬一影片真的壞了，蘭妮會說這不是好兆頭，代表他在獵戶座號的旅程不會順利。克魯茲並不迷信，但他似乎還是無法用指尖去敲那個圓球。

他的好朋友兼隊員莎樂・約克，走進來查看克魯茲的艙房。「你又抽到邊間了，水喔！布蘭迪絲和我在走廊另一邊的盡頭。你不覺得這房間會讓人以為看到疊影嗎？」

她說得對。在這間舒適的白色楓木艙房裡，幾乎每一樣東西都是成對的——兩張單人床，兩套一模一樣的海軍藍白條紋棉被和枕套，兩張楓木床頭櫃，兩個並排的衣櫥，一對海軍藍色的加厚坐墊椅，上面各有一個企鵝抱枕，還有兩張小書桌和書桌椅。克魯茲很喜歡這張桌子，材料是打磨過的青金石，深寶藍色的石頭中夾雜著金色的斑點，和柔和的白色潑墨紋路，讓克魯茲想起以前看過的銀河照片。繁星點點的書桌上立著一張紙卡，像個迷你帳棚一樣，是探險家學院校長雷吉娜・海陶爾博士留給學生的備忘事項。她寫給克魯茲和他室友盧亞米的內容幾乎一模一樣，都是祝福他們有一趟精采刺激、收穫豐富、改變人生的旅程。不過，克魯茲發現他的卡片上多了一行亞米沒有的字。海陶爾博士在簽名底下寫了她的私人手機號碼。**萬一有事的話**，號碼旁潦草寫著，然後加上一句，**務必小心**。

克魯茲此行的私人任務，是要尋找母親佩特拉・柯羅納多生前開發的一道配方。這件事只有極少數人知道，校長是其中之一。佩特拉發現了一種能使人類細胞再生的血清，這是突破性的大發現，有機會治好數百種疾病。她是學會旗下最高機密的科學研究機構「合成部」的創始科學家，在為涅布拉製藥研發止痛藥劑的時候，意外調出

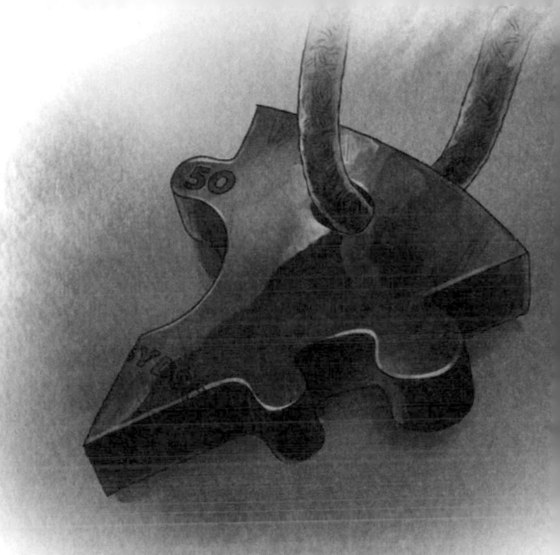

了這個配方。涅布拉一聽說她創造出遠遠超乎他們預期範圍的東西，就命令她銷毀血清和配方，原因正如她在數位全像影片日記上所解釋的：「一間靠賣藥賺進億萬財富的製藥公司，最不樂見的當然就是人類再也不需要吃藥。」

克魯茲的母親在壓力之下，不得不同意涅布拉的要求，但事先已經把配方改寫成密碼，刻在一塊黑色大理石上，再把石頭分割成八片，藏在世界各地的角落。她擔心自己會有生命危險，所以留下一部影像日記給克魯茲，裡面有線索告訴他該怎麼找到這些石片。不久之後，她就死於一場神祕的實驗室火災。那場火災被判定是意外。但克魯茲一直到最近才發現，他母親的死不是意外。更可惡的是，罪魁禍首就是涅布拉。

克魯茲循著她日記中的第一道線索，推論出第一塊刻有密碼的石片就藏在夏威夷家裡，在他的全像投影器底座裡面。他最好的朋友蘭妮・基羅哈把半圓球的底板拆開，果不其然，石片就藏在裡面。

黑色大理石片上有雷射雕刻的片段數字和符號，現在已經用繩子串著，掛在克魯茲脖子上。石片的形狀像一塊派，弧形邊緣的寬度不到一英寸，很像一幅迷你圓形拼圖中的一片，右邊有兩個圓突，左邊則有一個弧形的凹口，很明顯要和另外兩片拼在一起。能找到這片已經很了不起了，但克魯茲知道離拼湊出完整的密碼拼圖還差得遠。何況還有涅布拉。他們還在外面虎視眈眈，一心一意要他無法成功。海陶爾博士為了維護他的安全，提高了獵戶座號上的保全警戒；在同學之中，只有亞米和莎樂知道克魯茲的任務。

莎樂在二〇二號艙房裡，一雙烏溜溜的眼睛東張西望，目光掃過通往外接陽臺的門，轉到衣櫥，最後停在緊閉的廁所門上。「亞米又……？」她吐了吐舌頭，指指自己的嘴巴，克魯茲相信這是代表嘔吐的國際手語。

「大吐特吐嗎？沒有，目前為止都還好。他到樓上第四層甲板去看科技實驗室了。偷偷跟你說，我覺得他的盧氏錦需要一點外援。」

「他還在忙那個意念控制布料？他都試驗過多少次，二十次有了吧？」

「是二十六次。這對亞米來說不算什麼。他試了五十七次才發明出心情眼鏡。」

「我媽會說這叫做超級堅持癖。」

克魯茲注意到莎樂一直用一隻手扶著牆壁，好像擔心隨時會有巨浪打來，把船給掀翻。

「他有多帶一大堆防暈船手環，你要的話他一定很樂意借妳一條……」

「我沒事。」她說，不過手還是沒從牆上放下來。

「這要習慣幾天才不會暈。」他向她保證。克魯茲過去七年多將近八年都住在夏威夷，

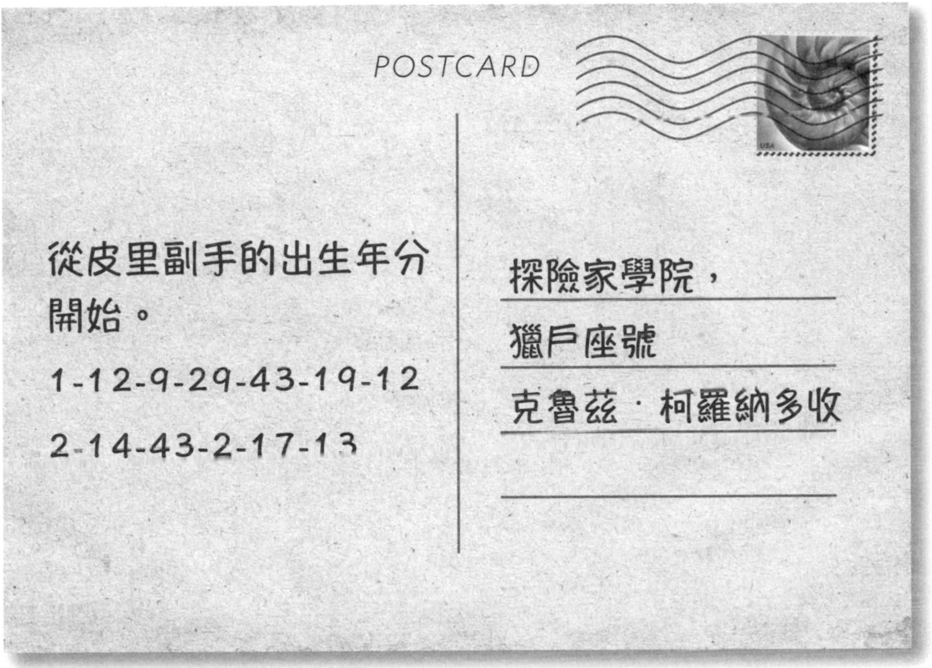
POSTCARD
從皮里副手的出生年分開始。
1-12-9-29-43-19-12
2-14-43-2-17-13
探險家學院，
獵戶座號
克魯茲．柯羅納多收

平常大多數時間不是待在海裡，就是在船上。他知道像獵戶座號這種一百一十一公尺高的船，產生的搖晃幅度可能要花點時間習慣，但他相信每個隊友一定都能適應。他們在學院裡的電腦虛擬動畫體驗中心，也就是洞穴，已經實際練習過幾次。

「泰琳說廚房有點心。」莎樂說，「我們還有幾分鐘才集合，要不要順路去拿點吃的再過去？」

克魯茲有點餓了。「好啊，等我一下。」他啪嚓一聲闔上行李箱，放進衣櫥裡。

「這是什麼？」莎樂拿起克魯茲書桌上的一張明信片。

「我姑姑寄給我的。」

她皺起眉頭。「你怎麼知道？她又沒有簽名，上面寫了『從皮里副手的出生年開始』，然後就只有一串數字。」

「這是我們在玩的遊戲。瑪莉索姑姑會把密碼暗語寫在明信片上寄給我，我再從線索給我的暗示，不管是書、藝術作品、音樂還是其他東西來破解密碼。」

「水喔！所以上面說了什麼？」

「我還不確定。你有興趣的話也可以幫我破解看看。」

她翻了個白眼。「我知道怎麼開始就好了。」

克魯茲走到房間另一頭，鎖上陽臺的門。「第一條規則：永遠先從圖片找起。」

莎樂把明信片翻過來。照片上是一隻圓形的海洋動物，頭部有褐色與白色的斑駁花紋，奶油色的觸手縮在環形的殼裡，殼上也有褐色與白色的波紋。「我知道這種動物，」她大叫，「是軟體動物，但名字我想不起來……不是寄居蟹……」

「鸚鵡螺。」

她彈了一下手指。「對啦！」

克魯茲咧嘴一笑。「那你知不知道有哪本書或哪首歌，裡面提到鸚……」

「《海底兩萬哩》。尼莫船長的潛水艇就叫**鸚鵡螺號**。」

他笑了出來。「我早就跟瑪莉索姑姑說，謎題要出得難一點。」克魯茲拿起平板電腦夾在腋下，用下巴指了指明信片說：「那個帶著。」

兩人走出艙房，房門自動在他們背後鎖上。克魯茲向右轉，跟著莎樂走下狹窄的通道。電梯旁站了一名高大健壯、穿著連身服的保全警衛，她的名牌上寫著K・多佛。他們向紅金色頭髮的多佛警官打了一聲招呼，她也回了一聲招呼，但視線在克魯茲身上比在莎樂身上多停留了一下子，並輕輕地對他點了個頭，彷佛在說，**原來我來這裡就是為了你**。克魯茲原本以為，船上增派額外的保全會讓他比較安心，但到目前為止，只讓他覺得特別受到矚目而已。

過了電梯之後，走廊就進到了陽光充足的天井。船身另一側是教職員住艙的所在區域，瑪莉索姑姑的房間是左邊數來第二間。不能說「左邊」，他糾正自己，是「左舷」。他必須開始用船舶用語來思考才行。船首是船的前端，船尾是後端。在船上面向船首時，船身的右邊叫右舷，左邊叫左舷。圓形的天井裡有一道氣派的樓梯形成弧線向兩邊延伸上去，裝飾華麗的黃銅扶手一路通往第三層甲板的交誼廳。露天交誼廳裡座位充足，莓果紅與藍色的扶手椅四張四張擺在一起，可以和朋友坐下聊天；也有比較高的桌子，周圍排滿了高背椅，讓學生在這裡做功課。交誼廳後方的牆面，被一架特大的電視螢幕占滿。另外三面牆都是玻璃，望出去視野開闊，隨時能看到獵戶座號現在開到哪裡了。此刻，船正航行在乞沙比克灣混濁的藍綠色海水中。通往船首露天甲板的艙門兩側，有一排排種在盆子裡的檸檬、萊姆和柑橘樹。果實熟透的重量把翠綠的樹枝拉得向下垂。這一定是假的吧，克魯茲伸手去抓一顆檸檬。

「小心別被克里斯多主廚逮到，不然你會洗好幾個月的碗。」

克魯茲連忙轉過身，就見到一個穿著海軍藍色上衣和成套長褲的年輕人出現在眼前。

「我……我……只是想看那是不是真的。」他結結巴巴地說。

「我第一次上船也做過跟你一樣的事嘿。」年輕人說，帶著明顯的澳洲口音。「你要是覺得這很神奇，你那一定要去觀測甲板看看，那裡有一座水耕菜園。我們在船上吃的蔬菜大部分都是克里斯多主廚親手種的。」

「我知道！」莎樂說，「你覺得克里斯多主廚會願意讓我幫忙照顧那些植物嗎？我好想念我家鄉的菜園。」

「可以問問看啊。」年輕人搓了搓下巴，他手指上戴的變色龍銀戒指似乎對他們眨了眨碧綠的眼睛。「你的口音好像有一點『奇異』喔？」

莎樂嘻嘻笑了。「我是從紐西蘭基督城來的。」

「我在墨爾本出生長大。」

「水喔！我叫莎樂・約克，他是克魯茲・柯羅納多。我們都是探險者。」

年輕人順了順他那頭亂蓬蓬的肉桂色短髮。「我是崔普・史卡拉多斯。海洋生物學家，水上運動指導教練，還有**雷利號**的駕駛員。」

「你是說那艘迷你潛水艇嗎？」克魯茲的耳朵豎了起來。「那艘迷你潛水艇是你在開的？」

「對。這是船上最棒的工作。話說我和勒格宏先生開會要遲到了，他不喜歡別人讓他乾等，這點我想你們一定知道。回見！」

莎樂和克魯茲經過事務長桌子旁邊的保全崗哨，一名身材魁梧的警衛引起克魯茲的注意。他的上唇留著厚厚的黑鬍子，一邊耳朵戴了金耳環，寬厚的胸膛上別著一塊金色的名牌，寫著J. 伍迪克恩。他看了兩人一眼，但是既不微笑也沒有點頭。克魯茲轉了個彎，走上通往廚房和教室方向的走廊，還感覺得到警衛的目光盯著他的背。又在監視了。

莎樂一邊走，一邊還在研究他的明信片。「皮里的副手是誰？」

「這個我知道。」克魯茲剛看完一本關於探險家的書，書還是瑪莉索姑姑借他的。巧合嗎？恐怕不是。「是馬修・亨森（Matthew Henson）。他是第一個前往北極圈的非裔美國探險家，羅伯特・皮里有好幾趟遠征探險都靠他領航，所以他才有『皮里的副手』這個綽號。」他看了她一眼。「你再唸一次那句線索。」

「從皮里副手的出生年開始。」

「好，所以你要先查出亨森的出生年，然後找《海底兩萬哩》的文字，找出書上第一次提到那一年的地方。找到以後，按照明信片給的數字去數，把字母一個一個找出來。那就是這串數字的用途。看到了嗎，第一個數字是1。這表示你要找的字母，就是書上一八六六年之後的第一個字母。」

「我懂了。」莎樂說，「下一個數字是12，所以我要找一八六六年之後第十二個字母，依此類推，最後把單字拼出來。」

「對。」

「而且訊息中每一組數字一定就代表一個單字吧。」
「沒錯。」
她的表情一亮。「這次的密碼可以讓我來解嗎？」
克魯茲看得出這次的訊息是一個簡短的片語，況且瑪莉索姑姑從來不會把私事寫在這些明信片上，所以他覺得交給莎樂來解，也沒什麼不行。「好啊，交給你了。」
他們來到了廚房入口。克魯茲伸手讓保全攝影機感應他手腕上的金色芝麻開門手環，門應聲開啟。一進餐廳，就看到一張邊桌上擺了滿滿好幾籃的水果、營養餅乾棒，和一些零嘴。莎樂抓了一顆蘋果，克魯茲挑了一小包什錦果仁。他們拿著吃的東西，沿著走廊前往會議室。亞米已經到了，還替莎樂、克魯茲和布蘭迪絲占了三個座位。克魯茲把第一張椅子讓給莎樂，自己坐進第二把椅子，旁邊剛好坐著杜根・馬許。
他們雖然在學院的校總區同梯受訓，現在也同屬庫斯托隊，但克魯茲始終和杜根保持距離。這個來自聖塔菲的男孩先前是阿里・索里曼的室友，他從一開始就表明了，他不認為克魯茲有資格待在這裡。杜根常常不客氣地說克魯茲受到特殊待遇，因為他姑姑是學院的人類學教授。但根本沒這回事。非但沒有，瑪莉索姑姑還把克魯茲逼得更緊，好要他證明自己的能力。儘管如此，杜根還是一有機會就故意挑釁克魯茲。即使之前上體能與求生訓練課，克魯茲在勒格宏先生設計的擴增實境挑戰障礙賽道上痛宰了杜根，還是沒能讓他對克魯茲改觀。也許兩個人需要重新開始，來到船上就是一個機會。克魯茲非常樂意試試看。「杜根，還好嗎？」

「棒呆了。」杜根說，語氣卻像蛞蝓一樣冷得很，又有氣無力。

克魯茲撕開什錦果仁的包裝，把袋子拿到杜根面前想請他吃。

「會議室可以吃東西嗎？」杜根開嗆，「還是說，你又叫你姑姑替你改規則了？」

兩好球。克魯茲不必等到被三振，也看得出杜根對兩人重新開始興趣缺缺。他把椅子轉回友善區，也就是亞米。克魯茲四處張望，也沒看到有告示說**禁止飲食**。雖然是這樣，他還是把袋子塞進大腿之間，加速把果仁吃完，以免杜根說的是真的。

克魯茲想問亞米，他去看科技實驗室結果怎麼樣了，但他嘴裡塞滿了東西，「科技實驗室怎麼樣？」說出來變成「柯基十月是整綿羊？」

亞米一頭霧水，呆望著克魯茲，他的心情眼鏡從平常固定的橢圓形萊姆綠色變成寶石藍色，像是有海水泡沫在裡面奔流。過了幾秒，「噢，我懂你意思了。不太理想。和電腦模擬同步的奈米處理器有在運作，但還在跑人體試驗。我沒辦法讓布料對大腦皮質功能重建指令產生反應——就連基本的色彩變化都沒辦法。」

「所以沒有任何進展？」

「我就是這個意思。」

克魯茲正想叫亞米放心，他遲早一定會解決問題的，莎樂忽然從背後靠過來。「我解開了！」她手上捏著平板電腦和那張明信片。「亨森生於一八六六年，而且我超好運的，不必讀到太後面，一八六六年是那本書第三個字。喏，你看。」她把明信片遞給克魯茲。

他看到莎樂已經按照他的說明，在每個數字下方寫上了對應的字母。瑪莉索姑姑給他的訊息是：**歡迎上船**。

「感謝你讓我當解碼員，」莎樂說，「太好玩了。」

「不客氣。」

「午安，各位探險者！」泰琳・瑟克利夫一陣風似地走進會議室。

泰琳是他們的班導師，也是這個團體的「媽媽」。她會給予建議，幫忙解決問題，確定每個人都在該在的地方、做該做的事。泰琳從旁邊經過時，克魯茲看到她的西高地白㹴哈伯跟在她腳邊。這隻小狗穿著亮黃色的救生背心。泰琳在長桌的主位坐下，環顧所有人的臉。「大家好嗎？適應新環境了嗎？還會不會暈船？期待探索世界嗎？」

克魯茲用手肘推了一下亞米，用下巴指指他對面的空位，小聲地說：「布蘭迪絲還沒來。」

布蘭迪絲・約恩多特，庫斯托小隊的第五位成員，曾經在克魯茲被誤會作弊、遭到學院退學的時候解救了他。多虧她的調查，才揭露作弊的不是他，而是另一個小隊的隊員，朗蕭・麥基崔克。朗蕭駭入洞穴訓練程式，改動了程式設定。克魯茲欠了布蘭迪絲很大的人情。而且，他還很喜歡她。克魯茲最近偷偷在想，說不定她也有一點喜歡他。

亞米和克魯茲對望了一眼。他們該不該舉手說布蘭迪絲還沒到呢？

泰琳清了清喉嚨，示意班會即將開始。「我代表全體教職員工及探險家學院旗下所有人員，很榮幸歡迎大家登上學院船隊的旗艦，獵戶座號。在各位接下來與我們相處的時光裡，這艘船就是你們的家。也因為這樣，希望大家珍惜這艘船。請保持艙房和交誼廳公共區域的整潔。也希望各位務必遵守與探險家學院本部相同的校規。未經允許、或是沒

有大人監督，不得擅自離船。除非事先取得同意，否則船上不可以接待訪客。所有與室友、隊友、教職員、功課、健康，以及其他一切相關的問題，一律要向我回報。船上大部分區域，各位都可以自由使用，所以所有還沒有機會在船上參觀、認識人員的同學，請在散會之後自己去走一趟。有沒有問題？」泰琳再一次環顧大家的臉。「沒有嗎？那我繼續說下去。第二件事：明天起恢復上課，早上八點請準時到隔壁的隔壁的海牛教室。」

有幾個人發出哀號，叫得最大聲的就是杜根。

泰琳嘟起嘴唇。「這可不是度假郵輪。我們在海上的期間，大家同樣要按照與學院相同的課表上課。第一堂是保育學，接下來依次是人類學、體能與求生訓練、生物學、世界地理和新聞學。不管什麼時候，船只要靠岸停泊在港口，課程就會暫停。」聽到大家發出歡呼，泰琳舉起手表示她還沒說完。「你們別高興得太早，這是因為各位的教授和客座講師到時候會安排任務，要你們在岸上完成。詳細內容等正式上課以後就知道了，但別期待有太多自由時間。有沒有問題？都沒有嗎？那繼續第三件事——」

克魯茲忍不住了。他舉手說：「泰琳，布蘭迪絲沒來。」

「沒錯。」她平靜地說。「我剛才說到的第三件事……」

克魯茲把手放下。有一個同學沒來，班導師不是應該比他們更關心才對嗎？萬一布蘭迪絲迷路了怎麼辦？或者生病了呢？萬一她掉進海裡了呢？

泰琳從椅子上起身，走向身後一扇通道門，抓住門把猛然把門打開。「請看……你們的探險家學院正式制服！」

克魯茲一時忘了呼吸。布蘭迪絲！這個高挑、金髮的冰島女孩就站在門口，單膝微彎，擺出有如時尚名模的姿勢。她穿著一件淺灰色高領拉鍊外套，肩線和袖口有深灰色的加厚布料。外套正面有四個斜口袋，兩個在胸前，兩個在髖部，右上方口袋別著一塊黑色的長方形，上面有金色的EA（探險家學院的縮寫）字樣，左邊領子上有一枚看似地球造型的鈕扣或別針。外套領口露出裡面的青苔色半高領上衣。她的小指頭勾著一副古銅色圓框墨鏡，看起來像是由許多機械齒輪組成的。

布蘭迪絲笑盈盈地走進會議室，兩個女人跟在她身後。第一個看起來比瑪莉索姑姑大幾歲，穿著白色實驗衣，淺藍色排釦衫、黑色及膝裙和一雙護士鞋。她手上拿著一臺平板電腦，比配給同學使用的標準規格大了一倍。另一個女人大約和泰琳相同年紀，穿著破洞牛仔褲、一件褪色的粉紅色T恤，和一雙紅色夾腳拖鞋，拖著腳步走進來。她的頭上纏了一條虎斑印花絲巾，手上拿著一包粉紅色雷根糖，邊走邊伸手在裡面撈。

「各位探險者，歡迎我們的科技實驗室主任，芳瓊・奎爾思博士，還有她的助理，希橘兒・范德威克博士。」泰琳說，「你們身上大部分的穿戴式科技就是她們研發的。今天她們特地來向大家說明新制服的主要功能。芳瓊？」

克魯茲的目光移向那位穿著實驗衣的女士，她金褐色的頭髮向後梳成一個髮髻，緊到

把她的腮幫子也一起往後扯。

「謝謝你，泰琳。」戴虎斑頭巾的女人說。

克魯茲又重新睜大眼睛看了一下。**她**才是奎爾思博士？那個一副像個要去海邊玩的大學生，還邊走邊吃糖果的人？

「請大家叫我芳瓊就好。」奎爾思博士把雷根糖放到桌上，方便用手勢介紹布蘭迪絲身上的衣服。「你們的學院制服應用了最先進科技，材質都是學會的科學家自行研發的，經過特殊設計，能在炎熱氣候下維持身體涼爽，而且可以阻絕陽光百分之九十九點九的有害輻射。防水、防蟲、防蛇，還能抗菌。在左上方的口袋裡，有一個小型的充電埠。」布蘭迪絲拉開口袋拉鍊，掏出一個迷你電源接頭。「這東西能把你身體散發的熱能轉換成電力，用來替平板電腦、手機，或其他任何數位裝置充電。」

「你看到了嗎？」克魯茲大力搥了一下亞米的肩膀。

「看到了，看到了。」亞米的眼鏡現在是高速旋轉的萬花筒。

「注意右上方口袋上的 EA 別針。」科技主任繼續說，「這個是你們的通訊系統。用力按一下，報上你的身分和你想通話的對象，就可以聯絡船上的人員、其他同學、教職員，或是離你方圓四十公里以內的任何人，只要他也配戴了這款別針。當然了，必要的時後也可以增強訊號。按兩下 EA 別針，它就會變成全球翻譯機，讓你能用六千多種語言來交談。這邊這枚地球胸章，可以啟動你個人的全球衛星導航系統。」布蘭迪絲用手指點了點左邊領口上的藍綠色圓形別針，別針立刻在她面前投影出船上第三層甲板的全像平面圖！

克魯茲的什錦果仁袋子掉到了地上。

「有了這個，你在全世界任何地方都能找到方向。」芳瓊說，「全像地圖上包含了擴增實境地標，例如博物館、歷史古蹟、餐廳，幾乎任何你想找的場所都有。你移動的時候，地圖和圖上的物件也會依照你的所在位置變化。現在這是公開模式視角。戴上墨鏡會切換成隱私模式，那就只有你能看到顯示畫面。」

布蘭迪絲把那副外形酷似齒輪的墨鏡戴上鼻樑，全像畫面瞬間消失。「所有的畫面都看得很清楚。」她開口確認。墨鏡看起來很酷，不過克魯茲心想，布蘭迪絲看到虛擬世界的同時，不知道還看不看得到真實世界。

「大家有問題儘管問喔，我很樂意回答。」奎爾思博士環顧會議室。平常發問踴躍的探險者一時間都說不出話來，克魯茲也是。

「一個問題都沒有嗎？」泰琳挑起一邊的眉頭。「快喔，有問題就趁現在，別等到實際出任務了才問。想問就問！」

「汪！」哈伯吠了一聲。

大家咯咯笑了起來。

「你們在自己的平板電腦裡也能看到這套制服和所有的技術教學。」泰琳說明，「請一定要仔細複習。」她的目光停在克魯茲身上。「因為說不定哪一天，這套制服會救你一命。」

克魯茲知道她的意思。就在幾天前，他才遇上前所未有的危險，到鬼門關前走了一遭。麥康・魯克，探險家學院的圖書館長，一直祕密幫涅布拉工作。魯克先生在學院圖書館的特藏區，拿雷射槍把克魯茲和他爸爸逼進死角，打算搶走全像影片日記之後殺了克魯茲和他爸爸滅口。他本來很可能會得逞，幸虧最後關頭，克魯茲及時下令魅兒發動攻擊，這架忠心耿耿的無人機不停螫刺，魯克的槍因此打偏，雷射才只擦過克魯茲的手臂。那次他是運氣好，他也知道。克魯茲把上衣右邊袖子向上拉開幾公分。留在他右手上臂那個橄欖球形狀的小灼傷傷疤，幾乎已經看不見了。

大家紛紛前去排隊領取制服。克魯茲也站起來，排在亞米後面。班上的二十二名同學全都興奮地嘰嘰喳喳、交頭接耳，但唯獨克魯茲一句話也沒說。芳瓊說，他們的制服可以「防」各種想像得到的侵襲：防水、防曬、防蟲、防蛇，甚至可以防細菌。但是這一長串名單上漏了很重要的一項。

防子彈。

2

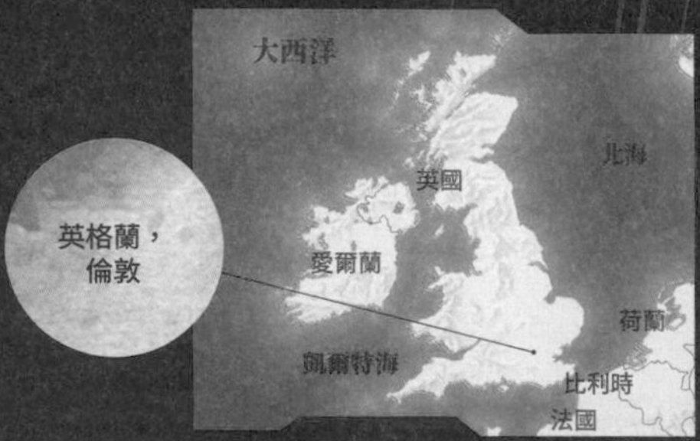

▼「完美的計畫又失敗了。」說話的人語調冷淡而克制，但這句話依然讓索恩・普雷史考特的背脊發涼。希西嘉・布魯姆這個人，向來不大能接受希望落空。

「呃……對不起，老闆。」普雷史考特用沙啞的聲音說，眼神避開全像投影畫面。其實他也不會看到什麼，頂多就是老闆的手機鏡頭對準的東西——比如花瓶裡的一束玫瑰、一座古董鐘，或者像今天早上，是一把金刀滑順地劃過一顆煎蛋。

布魯姆從不讓人拍照，普雷史考特完全不知道為什麼。這位涅布拉製藥公司的老闆對全世界來說是個謎，對普雷史考特來說也一樣。他在布魯姆手下工作快五年了，從來沒見過布魯姆。今天原本應該是他終於可以見到本尊的一天。普雷史考特從華盛頓特區搭乘紅眼班機飛抵倫敦，上午八點到了涅布拉公司總部，才得知老闆不在。布魯姆的行政助理歐娜給他的理由是老闆北京有急事。所以現在普雷史考特才會在倫敦上空三百公尺的地方，跟人在八千公里外的老闆說話。

布魯姆的刀子輕叩金邊餐盤。他還在等待解釋。普雷史考特腳上的蛇皮牛仔靴的鞋跟埋進了白絨毛地毯裡。「我本來已經在博物館困住他，但是館裡保全警衛太多了。」他伸手摸頭，頭上的腫包差不多都消了。普雷史考特不確定是誰敲破他的頭，當時他差幾公分就能一勞永逸，把克魯茲・柯羅納多給收拾掉。但他醒來只發現自己躺在博物館地下室，兩名警衛銬住他的手，而他鎖定的目標早已不見蹤影。「我們已經重回正軌了，他逃不出我們的手掌心。」

「夏威夷那一次你也是這麼說的，眼鏡蛇。」布魯姆對外從不使用真實身分，以防敵人暗中監視，他也要求在外面執行任務的手下這麼做。每個人都有一個化名。普雷史考特的化名是眼鏡蛇，因為他的牛仔靴。布魯姆是獅子。目前在獵戶座號上，還有斑馬、沙袋鼠和貓鼬。

「夏威夷那一次……運氣不好。」普雷史考特不得不承認，想要把一個像魚那麼會游泳的男孩淹死，是一大失策。突然，一股詭異的感覺竄過他全身。普雷史考特覺得毛骨悚然，好像有人正在看他。他的目光在偌大的辦公室裡游移。這裡的東西，大到龍捲風造型的水晶吊燈，小至緞面窗簾兩旁金色百合花飾的收納勾，全都散發出錢的味道。普雷史考特倒不是在乎這種東西。綴著流蘇邊的金色絨布沙發後方，有一扇塗過蟲膠的黑檀木門，上面刻著一個大大的Z字。門開了一個小縫。門後面大概是廁所吧。說不定有十四克拉的黃金馬桶，這倒是值得瞧瞧！

「說不定美洲豹比較幫得上忙。」他的老闆說。

「美洲豹？」普雷史考特不認識這個化名。

「我們有一個新成員，這個人可以更進一步接近他。」

更進一步？要說還有誰能比他們目前安插的眼線更接近克魯茲，那也就只有……

普雷史考特倒吸一口氣。是探險者。布魯姆在同學之中佈下了間諜！

又出現了——那種有人在看他的感覺。他環顧整個房間，從辦公桌瞥向書架，再望向刻有字母的廁所門。有了！他在兩扇門之間的細縫中瞄到一個人影。那該不會是一隻眼睛吧？沒錯！有人正在監視他。

「你要回報的事就只有這些嗎，眼鏡蛇？」

普雷史考特知道他不能再拖延下去。「還有一件事，老闆。她……留了

一樣東西給他……是她的日記。」他聽見叉子喀啷一聲重擊瓷盤，趕忙繼續說下去。「八成寫的都是些瑣碎的家務事。我覺得沒什麼好擔心的，日記應該不能告訴他什麼。」

「也有可能什麼都告訴他了。」他老闆咆哮起來。「去把日記搶到手。把日記的主人收拾掉，這次別再有藉口。而且要在他十三歲生日之前下手，你聽清楚沒有？」

「是，十一月二十九日。」普雷史考特確認，收下了命令，雖然他不知道何必設下這個時限。在二十九號還是三十號完成任務，有什麼差別嗎？一定是跟「十三」這個數字有關吧。布魯姆是迷信的人，說不定他覺得等那個男孩滿十三歲以後才除掉他，會給他帶來厄運。誰知道布魯姆是怎麼想的？

「我們還有一個問題要處理。」布魯姆還在繼續說，「狐獴。我要你去處理他。」

狐獴？那是麥康‧魯克的化名，探險家學院的圖書館長。普雷史考特錯失良機以後，原本應該由魯克解決克魯茲，但是他也失敗了。魯克被捕後，涅布拉公司的律師群把他從拘留所保釋出來，送到國外。可是現在，布魯姆卻要狐獴徹底消失。這倒有意思。

「我明白了。」普雷史考特說，他的目光飄向那扇黑檀木門。剛才的眼珠已經不在了。

普雷史考特看著老闆把橘子果醬抹在一片烤過的三角形雜糧吐司上，突然想到北京時間比倫敦快七個小時，現在那裡並不是早餐時間，應該是下午三點。他慢慢懂了。布魯姆其實不在中國。根本沒有這回事。他很可能還在倫敦，說不定就在十公尺外那間廁所裡盯著他。

「眼鏡蛇！」

「是？」

雜糧吐司停在半空中。「夏威夷和華盛頓特區，已經兩好球了，你知道吧。」

普雷史考特再度打了個寒顫。

他知道。

3

克魯茲凝視著鏡子裡的自己。天剛破曉，在薰衣草色調的紫藍色光線下，鏡子裡看起來像是另一個人回望著他。既是他，又不是他。

他們的衣櫥門內貼了全身鏡，他站在鏡子前方，視線慢慢往下移動，經過硬挺的外套和長褲，最後停在一雙奶油色金條紋的新穎運動鞋上。他原本以為一套既可以變成漂浮裝置，背襯裡還裝了輕量降落傘的制服（至少操作說明上面是這樣寫的），穿起來大概不會多舒服。他預期制服會很重、很癢、很僵硬，或者以上皆是，但結果一點也不會。上衣簡直像第二層皮膚，穿上去以後幾乎沒感覺。外套和長褲跟羽毛一樣輕盈，還很有彈性，可以向四面八方伸展，內襯比羊毛還柔軟。而且，每一件衣服都剛剛好合身。

克魯茲把魅兒放進外套的右下口袋，把蜂巢別針扣在探險家學院長方形的通訊別針旁邊。這枚迷你小別針是蘭妮送給他當作臨別餞行的禮物，是她特別為魅兒設計的聲控遙控器。蘭妮不希望克魯茲不等她一起就先加入探險家學院，但他終究還是入學了。只有最好的朋友才會在你拋下她自己離開的時候，還送你這麼酷的禮物。那就是蘭妮。前不久她才又幫他做了一個護套，給他裝母親的全像日記。在一般人看起來，日記的外觀只是一張平凡無奇的白色紙片，但在平面上攤開的時候，可就厲害了！這個七公分見方的正方形，會先發出一道偵測光束掃描附近的人，辨識來人的身分。只要判定那個人不是克魯茲，就會直接關閉。但如果確認是他，紙張就會變形成立體球，投射出他母親佩特拉的全像影片。正是她的數位日記把克魯茲送上這趟追尋之旅，到全球各地尋找刻有配方的石片。告訴他第一個線索以後，她的全像投影就消失了，球體也回復成原來的狀態，又是一張尋常、纖薄的白色正方形紙片。蘭妮做的護套用的是超級耐用的材料，她沒說是什麼材料，不過不能彎折，所以大概是某種碳纖維。克魯茲用毛巾捏住日記的邊緣把它拿起來，以免不小心啟動它，然後放進蘭妮這個紮實的護套裡，

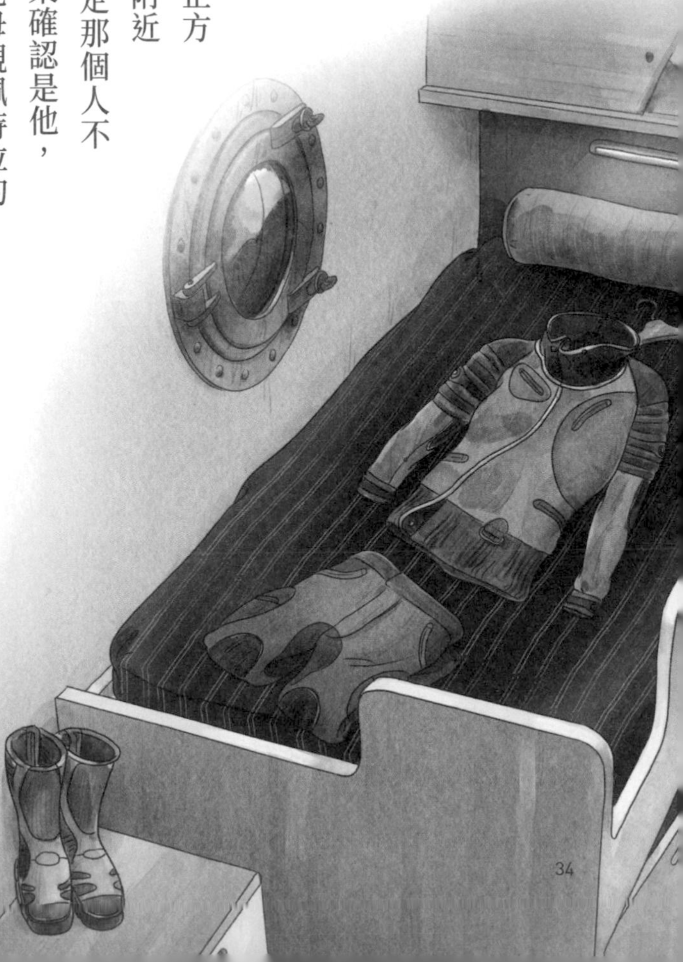

再把護套塞進外套左上方的口袋裡。他準備好要上第一天的課了。

亞米走出浴室，站到克魯茲旁邊。他也看看鏡子裡的自己。「我們看起來好像十五歲了。」他說。

「我是啦，但你可能比較像十四歲。」克魯茲竊笑著說，話完肩膀就挨了亞米一拳。

亞米嗅了嗅空氣。「我聞到鬆餅的味道。」

「我們出門前最好先……」克魯茲比了比他們的衣櫥。

探險者除了制服之外，還配有運動服、機能背包、登山靴和帆船鞋。每個人也都有一件極地厚外套。所有新衣服當中，克魯茲最喜歡的就是極地外套。這件連帽外套不但在天氣寒冷時也能讓體溫維持在暖烘烘的攝氏三十七度，而且正反兩面都能穿。一面是灰色迷彩，另一面接近純銀色。銀色那一面雖然看起來有點素，不過有一項特殊功能。按下領子下方第一顆鈕扣，外套就會在黑暗中發光！這也是芳瓊和希橘兒的發明，這兩位科技達人給這件外套取了個暱稱，叫捉迷藏外套。芳瓊在介紹的時候說明過：「迷彩那一面是讓人看不見你，銀色那一面的生物螢光是要讓人看見你！」

因為沒時間整理所有的新裝備，亞米和克魯茲把東西一股腦全塞進他們共用的衣櫥裡，塞得亂七八糟。

「衣櫥的門開著就好啦。」亞米提議。

「可是要是被泰琳看到……」

「好吧，來。」他們用背抵著衣櫥左右兩側的門猛推，想讓門閂扣上。

「還好我們的潛水裝備都收在樓下。」亞米咬著牙說。

克魯茲踩穩重心，繼續出力。「希望他們不會再發更多東西給我們。」

「再用力推一下應該就可以了。」

他們鼓足力氣使勁一推，聽到兩扇門都扣上了。

「我們吃完晚餐回來再整理。」克魯茲喘吁吁地說。

「不是要開始研究你媽媽配方的下一個線索了嗎？」

「我們有的是時間。我已經跟莎樂說好，九點在這裡碰面。」

「九點？這樣離熄燈只剩半個小時耶。」

「我知道，但是蘭妮在夏威夷，時差比我們慢六個小時，我答應過她不能不等她就開始進行任何調查工作。」

克魯茲和亞米經過走廊，又遇到昨天見過的同一個女警衛多佛。只是今天她的站哨地點在他們的艙房到電梯的中間。她靠得愈來愈近了！

「早安。」她說。

「嗨。」克魯茲說完就快步走過去。

進入天井時，克魯茲還在納悶警衛移到新的位置站崗，跟瑪莉索姑姑不知道有沒有關係，就看到從左舷的大樓梯翩翩走下來的人，可不就是她嗎？瑪莉索姑姑一改平常顏色鮮豔的衣服和高跟鞋，今天只穿了一件長袖白襯衫、卡其色九分褲和藍色帆船鞋，沒穿襪子。深巧克力棕色的長髮向後梳成一個低馬尾。

「噢，看看你們兩個穿上制服多好看。」她用誇張的語調說，不過目光始終沒從克魯茲身上移開。

看到姑姑眼裡充滿驕傲，克魯茲感覺到一股暖意流遍全身。亞米露出大大的笑容。

瑪莉索姑姑彎下腰湊近他耳邊。「克魯茲，你現在有空嗎？我有事跟你說，很重要的事。」

「沒問題。你先去吧。」克魯茲示意亞米先走。「我等等就過去找你。」

「好，但我可不保證你來的時候鬆餅還有剩喔。」亞米三步併作兩步跑下樓梯。

瑪莉索姑姑挽著克魯茲的手肘，領著他穿過天井，走向教職員客艙的走廊。「我剛才和艾斯坎達船長聊過。」她壓低聲音說，「他說你還沒到艦橋去把你的……嗯……貴重物品寄放到船上的保險櫃。」她說的「貴重物品」指的是他媽媽的日記和第一塊密碼石。「你是不是忘記了？」她緊張地問。

「沒有。」

「要我替你保管嗎？」

「不用。我已經……我最後決定不要寄放在保險櫃裡。」

她停下來。「為什麼不要？」

「我覺得我……想帶在身上。」

「帶在身上？你在開玩笑嗎？」克魯茲搖頭。她噓了一口氣說：「克魯茲，這麼做不好。」

「你覺得我保管不來嗎？」

「不是這樣。」她說，但她閃爍的眼神表明了就是這樣。「那東西在你身上有一百萬種出事的可能。要是你弄丟了呢？」

「我不會弄丟。」

「要是被人偷走呢？」

「沒有人偷得到。」

「要是你掉進河裡，或是忘了還放在口袋裡就把褲子拿去洗，或是把外套忘在岸上——」

「我不會！」

「克魯茲！」

「我不帶在身上更有一百萬種出事的可能。」他用她的話反駁回去，「要是我需要查看日記裡的線索呢？要是我找到下一塊配方了呢？媽媽在日記裡跟我說，每一塊石片都要拿給她看，她才能驗證是不是真的。只有驗證之後，我才能解開下一個線索，到時候我就還要大老遠跑回船上，請船長替我開保險櫃。所以說我一定要帶在身上。更何況，」他看到瑪莉索姑姑開口想要爭辯，急忙接著說下去，「我們怎麼知道保險櫃真的……你知道的，真的保險？你知道保險櫃的密碼嗎？」

「我不知道，但我相信艾斯坎達船長絕對不會——」

「我也以為魯克先生絕對不會。結果你看變成怎樣。」

她的目光落在他的手臂上。「我知道你想保護你媽媽的成果，但你不可能只靠自己一個人。你的身邊有很多人願意幫忙，你要信任他們。」

「我信任**你**。」他站直身子，「還有亞米和莎樂。其他人我都不相信。」

「所以你已經下定決心是嗎？不考慮用船上的保險櫃了？」

「我會……考慮看看。」他說了謊。克魯茲不想顯得冥頑不靈，而且他也不希望姑姑生他的氣。

「或許你應該和你爸討論看看？聽聽他的想法？」

「好。」又一個謊話。克魯茲不曉得自己為什麼要這麼說，唯一的理由就是說了一個謊之後，再說第二個謊永遠比較容易吧。

「去吃點東西吧。」她抓著他肩膀把他轉向樓梯口。「我們課堂上見。」

他轉了回來。「瑪莉索姑姑？」

「怎麼了？」

他用最柔和、最水汪汪的無辜眼神看著她。「我愛你。」

「我也愛你，克魯斯・賽巴斯汀・柯羅納多，但你就算說盡了全天下的甜言蜜語也救不了你，假如你弄丟——」

「我不會的。」

克魯茲說他會考慮把日記和密碼石放進船上的保險箱的時候雖然在說謊，但他說他為什麼想把東西隨身帶著的時候，說的可是句句實話。這些東西他必須隨時能夠拿到。不過除此之外，還有另一個原因。他不知道該怎麼解釋，姑姑大概會覺得這理由很傻，那就是克魯茲需要這塊石頭。當他靜靜坐在熱鬧的觀測甲板上，望著夕陽緩緩沒入地平線，這種時候，他需要用大拇指輕撫過石頭表面雕刻的配方。當他爬上一條山路，走在積雪的雜木林之中，他需要感覺到石頭像是第二顆心臟在他胸前跳動。等克魯茲找到其他石片，他也知道他必須把它們都帶在身上，每，一，塊，都，要。這是他和媽媽唯一的連結，也是最後的連結。等到他找齊所有石片，把配方拼湊完成，他知道很可能會發生什麼事。媽媽預錄好的數位日記會指示他把石頭交給學會，他的任務也就結束了。再也沒有東西能把他和媽媽聯繫在一起。他的人生會繼續過下去，而他媽媽會自此從他的生命中消失。他想盡可能把她留在身邊久一點，難道就這麼不對嗎？

「克魯茲？」詹恩・派翠克用奇怪的眼神看著他。

克魯斯環顧四周。他已經走過了廚房、會議室、教職員辦公室和教室，到了第三層甲板的走廊盡頭，但他絲毫沒有印象。

「你沒事吧？」他的朋友問。

克魯茲飛快把手伸向胸口。石頭還在，安然無損。「呃……沒事，我沒事。」

布倫特・蓋比埃博士用燦爛的笑容迎接克魯茲走進海牛教室。「真的很高興見到你。」

「謝謝。」

「我想向你道歉……為了之前發生的所有事情。」保育學教授放低聲音。「我聽說洞穴訓練軟體被人入侵，追蹤駭客位址之後發現是你的平板電腦，那個時候我……我很不想相信，但是證據實在太明顯了。真的很抱歉，我應該要求做一次更徹底的調查才對。」

「沒關係的。」克魯茲不打算再想這件事。

「然後你還要承受魯克給你的煎熬……」

海陶爾博士為了保護克魯茲，並未向任何人透露麥康・魯克攻擊克魯茲父子這件事的全部真相。她只是告訴學院的師生說，圖書館長有這樣的舉動是壓力造成的，他現在已經在接受心理諮商。

「經歷過那樣的惡夢，你如果再也不想和學院有任何瓜葛，也沒有人會怪你。」蓋比埃博士下了結語。他握著拳頭摩擦他那顆光頭的後腦，每次只要有事情困擾他，他就會做出這個動作。

「絕對不會。」克魯茲回答。

「有這種精神就對了。」蓋比埃教授終於放下這個話題。「對了，別忘了下課之後來找我討論補交作業的事。」

「補……補交作業？」

「你有三份作業沒做，還有一次全球水資源問題的考試。」

「可是我是無辜被退學的，而且還受傷了！」

「所以我多給了你一個星期交作業。」

「可是——」

「你必須熟悉課程。我對你有充分的信心，你一定經得起這個挑戰。」

不公平。教授都這樣稱讚他了，克魯茲還能爭執什麼？倒楣的是，別門課的老師也都要他補交之前漏掉的作業，連瑪莉索姑姑也指定他讀完五十頁，準備明天的基礎人類學專有名詞小考。**明天！**克魯茲好想跑到杜根面前跟他說：「看到了嗎？我根本就沒有特殊待遇！」但他當然沒這麼做。上完今天最後一堂課，新聞學教授綺拉・班乃迪克博士宣布下課時，克魯茲覺得他已經被雪崩般的作業給活埋了。讀課本、專題報告、文章、作業和考前準備，整個淹到了他的脖子。

走出海牛教室的時候，克魯茲轉頭對亞米說：「我們晚一點再來整理衣櫥好不好？我可能要去一趟圖書館，想辦法盡快補齊我上星期漏掉的作業。」

「沒問題，我光是忙盧瓜錦就有很多事可以做了。」

獵戶座號的圖書館在船上最高的第五層中板，介於艦橋和觀測甲板之間。這裡不像學院總部的圖書館那麼雄偉。沒有漆成夜空的高聳圓形大廳，沒有真人大小的著名探險家銅像，或是無窮無盡的書架。不過這間兩層樓高的藏書室以桃花心木裝潢，有迴旋梯連接二樓，呈現出獨特的優雅風格。書櫃直接搭建在牆上，每一櫃都有內嵌的照明燈和雙片玻璃拉門——克魯茲猜想大概是為了避免浪太大的時候書掉出來。右舷的牆面排列著扇形的銅製壁燈，和海軍藍色的蓬厚扶手椅，邀請看書的人來到窗邊舒舒服服地坐下。海軍藍色的窗簾布幔已經拉開到一邊，用金色的穗繩固定，好讓午後的陽光照射進來。

克魯茲還在猶豫要坐哪裡，忽然有個女人從桃花心木柱子旁邊探出頭來，波浪狀的黑髮在她

肩膀上搖晃。她珊瑚紅色的嘴唇往上揚：「嗨，克魯茲。」貓眼形狀的血紅色眼鏡歪歪地架在她雀斑點點的鼻梁上。

「你好，荷蘭博士。」他害羞地說。荷蘭博士在學院是助理圖書館員，在魯克先生旁邊做事。不過她並不知道魯克的真實身分。現在魯克不在學院工作了，克魯茲希望荷蘭博士不會因此對他有不好的印象。

「第一次使用船上的圖書館嗎？」荷蘭博士問。

克魯茲點點頭。導覽的時候他瞄過裡面一眼，但也就只看了那一眼。

「船上有一千多冊藏書可以看，市面上所有書籍的數位電子檔也幾乎都有。歡迎你借用我們的電子閱讀器，也可以把書上傳到你的平板電腦。我們也有全館的無線網路、文書印表機，還有桌上電腦可以用來看地圖。換句話說——」她的綠色眼珠往上看，眼神充滿笑意，「整個世界就在你的指尖。」

克魯茲順著她的目光看去。巨大的玻璃地圖覆蓋了整個橢圓形天花板！光線從上方的天窗透下來，地圖上，地球各個大陸、島嶼和海洋全都發出亮光。洋流看起來彷彿真的在流動！克魯茲把頭後仰到底，慢慢轉了一圈。

「我讓你自己找位子坐。」圖書館員說。

克魯茲在窗邊找了一張椅子坐下，接下來幾個鐘頭盡可能專心做作業，克制自己不要抬頭盯著天花板上那幅酷炫的背光地圖。瑪莉索姑姑指定閱讀的章節，講的是考古學中相對年代與絕對年代的定年法，快要讀完的時候，他的鼻子開始不由自主地抽動。是起司。他聞到熱呼呼的起司香，胃也跟著咕嚕咕嚕地附和他的鼻子。他的室友就站在門口，端著一盤烤起司三明治。亞米把盤子舉高，表示是要給克魯茲的。克魯茲平板電腦上的時鐘顯示再過二十分鐘就七點了。廚房只供餐到六點半。他竟然忙到錯過了晚餐！克魯茲連忙收拾東西，一直線奔向這個好心幫他端食物來的好朋友。

克魯茲抓起金黃焦香的三角形三明治。「我快餓死了。」

「我想也是。我到廚房的時候他們正好準備要休息了。還有另外一個驚喜。」

第一個閃過克魯茲腦海的念頭是巧克力蛋糕，但亞米的另一手空著。什麼嘛，原來不是！

「在我們房間裡。」亞米的鏡框變成圓形，粉紅色圓點飛快追逐藍綠色的條紋。既然亞米這麼興奮，說不定是比蛋糕更棒的東西！

他們走下三層甲板，回到天井的樓層，走進通往房間的走廊。經過多佛警官時，克魯茲已經吃掉半個三明治，開始吃另一半了。亞米伸手讓二〇二號艙房門口的保全攝影機掃描OS手環。門鎖隨即解開，門也自動打開。克魯茲嘴裡咬著三明治，呆立在原地。

他們的房間像被颶風掃過一樣！

4

看到房間被翻得亂七八糟，並不是克魯茲期待的驚喜，從亞米的表情來看這也不是他預想的情況。衣櫥、書桌、床頭櫃，每一格抽屜都被拉出來，裡面的東西全倒在地上。上衣、外套、內褲、牛仔褲、襪子、鞋子散落得滿地都是。床墊被掀開來，椅子翻倒在地。所有的東西表面都有一層白白的東西，像剛下過冬天的第一場雪。克魯茲過了一下子才看出那層東西是什麼。他小心翼翼穿過混亂的地面，在一張椅子的坐墊和牆壁之間找到他的枕頭殘骸。枕頭套被亂刀割爛了，留下的暴力刀痕讓他不由得打了寒顫。

「衣櫥這下白整理了。」亞米一臉茫然地說。看來那才是他說的驚喜。他的眼鏡現在變成翻騰的暴風雲，他透過鏡框望著克魯茲。「是涅布拉嗎？」

「我猜魯克先生把媽媽的日記和密碼的事告訴他們了。」

亞米倒抽

一口氣。「你該不會……？」

他一手伸向胸口，另一手伸進口袋。只是確認一下。「在我身上。但是我把那個留在……」克魯茲的目光掃向床頭櫃。不見了！他跳進床腳邊亂成一團的床單和棉被裡。「千萬不要！**不要啊！**」

「怎麼了？」亞米喊道。

「我的全像影片。」他在被子裡面大聲地說。

「藏了第一段密碼的那個東西？」

「對，蘭妮幫我連密碼一起寄來。我昨天拆完行李以後就擺在床頭櫃上。他們一定以為那是日記。我不該擺在外面的！」

「說不定只是掉在哪裡了。」克魯茲聽到亞米翻找東西的聲音。「是銀色的，對不對？」

「對，上半部是圓球，底是平的。」克魯茲奮力從床單裡掙脫。他探頭看了床底，狂亂地檢查了鎖死在地板上的床頭櫃後面。都沒有。克魯茲一口氣還沒喘過來，又開始翻找地上的一堆衣服。一定就在這裡，非在這裡不可。萬一真搞丟了，他永遠不會原諒自己，瑪莉索姑姑也不會原諒他。

「找到了！」亞米從一大堆衣服底下伸出手臂，掌心裡正是那顆半圓球。

克魯茲一個箭步衝過去，從亞米手中捧起他的全像投影器。「謝謝你，謝謝你！」他把半圓球輕輕擺在星空紋理的大理石書桌上。克魯茲很慶幸它沒被偷走，但是他知道還不能放心。影片有可能在經過蘭妮的拆裝、郵件無人機的跨國飛行，又遇到入侵者襲擊之後，依然完好無損嗎？不太可能吧。

在亞米旁邊，克魯茲忐忑不安地伸出手。他想知道結果，但又不想知道。他的指尖感覺到金屬冰涼的觸感。克魯茲等著。有那麼一刻，很漫長的一刻，時間彷彿停止了。什麼都沒發生。他低下頭。真的壞了。

「有了！」亞米大喊。

克魯茲看到一陣閃爍，接著出現了媽媽的臉。畫面閃爍了幾秒鐘才穩定下來。克魯茲看著海灘上這一幕在他眼前展開，他已經看過千百遍：幼小的他在沙灘上挖了一座小島，然後大聲叫媽媽來救他，她也開心地把他救起來。一直到影片結束，畫面變黑，克魯茲才鬆了一口氣。影片沒有損壞。一切都沒事。

「很美的回憶。」亞米輕聲地說。

克魯茲的情緒被喜悅和放鬆占滿了，只能點頭回應。

一個危機解除了，他們把注意力轉向下一個。

「你不覺得一定是維修或打掃的人幹的嗎？」亞米踮著腳尖穿過慘案現場，「某個不會引起警衛懷疑的人。」

「或者甚至有可能是保全小組內部的人。」

「我們誰都不能相信。」

「我也是這樣跟瑪莉索姑姑說的。」

「真的？什麼時候？」

「她說我應該把日記和密碼放在船上的保險櫃。我跟她說，我自己保管就好，可是現在……」他伸手抬起翻倒的書桌椅，「我沒那麼確定了。」

「我可以查查看走廊上的保全登記簿和監視錄影，」亞米說，「只不過我有預感，會幹這件事的人一定知道怎麼湮滅證據。」

「我也覺得。」克魯茲看到一根椅腳上多了一道先前沒有的裂痕，頓時明白了。這不只是有人想找某樣東西而已——入侵者大可以做到不留痕跡，讓他們根本不知道有人進過房間。這是涅布拉刻意留下的訊息。用意是警告他：**只要我們想找你，隨時都能找到你。**

亞米輕輕地接過克魯茲遞過來的椅子。「趁還沒有別人看到，我們趕快把房間恢復原狀吧。」

幸好，克魯茲的母親留給他的其他紀念品也都毫髮無損。水藍色盒子被人打開過，裡面的東西也全扔在地上，不過都在他的床邊：珠寶盒鑰匙、阿茲特克王冠墜飾、背後寫有密碼表的克魯茲照片、兩枚金屬墊圈（一個折彎、一個平的）、一疊貓咪造型的便利貼、一盒膠布繃帶、各式原子筆和鉛筆，連那包杏仁都在。所有東西都沒被打開，沒有損壞，也沒有不見。克魯茲小心翼翼地把東西一一放回盒子裡，再把蓋子蓋回去。他起身打算把盒子放回床頭櫃，後來又改變主意，把盒子塞進床底下。

八點四十五分時，傳來一陣敲門聲。

亞米從床邊探出頭，他正在把被單塞好。「莎樂太早來了。」

克魯茲把他的捉迷藏外套掛到衣櫥門內的掛鉤上，然後仔細檢查房間一圈。還不賴。一定沒有人想得到二〇二號艙房一個小時前還滿目瘡痍。他走去開門。

「小心吸塵器！」亞米用氣聲說，克魯茲差一秒沒被絆倒。

克魯茲彎下腰撿起瑪莉索姑姑的手持迷你吸塵器，在心中合十感謝姑姑當初堅持要他把吸塵器帶來。克魯茲把吸塵器拋給亞米，亞米把它扔進衣櫥。

敲門聲再度響起。「喂！你們在嗎？」是莎樂沒錯。克魯茲才一打開門，她立刻快步走進來。「我們時間有限，趕快開工吧。」

「我們要等蘭妮。」克魯茲堅決地說。他用手摀住嘴巴打了個哈欠，亞米大概被他影響也打了個哈欠，回過頭又刺激克魯茲打了一個大大的哈欠。打哈欠還真的會傳染！

莎樂來回看著這兩個室友。「你們兩個看起來快趴了。」

「假如『快趴了』的意思是很累，那你說對了。」亞米撲通一聲癱在蓬蓬軟軟的椅子裡，抬起腿跨上小圓桌，頭往後一仰，閉上眼睛。

「我看還是讓你們去睡覺好了。我們可以改天再做。」

「不用！」克魯茲脫口喊道。這麼重要的事，他沒打算延後。他輕輕拍拍亞米的腿，要他睜開眼睛。「我們只是剛打掃完而已。」

「打掃完了又再打掃……」亞米咕噥著說，眼睛還是沒睜開。

莎樂做了個鬼臉。「我們上船也才兩天。你們是能把房間弄得多髒？」

「有人……闖空門。」克魯茲供出實話。

「是涅布拉。」亞米補充說，「他們把房間搗成垃圾堆。」

莎樂猛然轉頭。「他們有沒有拿走——」

「日記和密碼都很安全。」克魯茲說。

「沒有東西是安全的。」亞米睜開眼睛，坐直身子，兩隻腳都踩到地上。「我們到現在早該知道了。我昨天一早就應該先搞定才對。」

克魯茲把椅子轉過來面對他們。「搞定什麼？」

「在房間裡布置安全措施。」

「你是說，像攝影機嗎？」莎樂問。「可以用魅兒啊。」

「那也是個起點，但我想的是更大的東西，比方說動作感測器、熱感應器、紅外線光束——之類的科技。」亞米的眼鏡變形成明亮的藍綠色水滴。

亞米要是真的有辦法保障他們房間的安全，就代表克魯茲可以把日記和密碼放在身邊，而且還很安全。這個方法值得一試。「好，」克魯茲說，「你覺得該做的就盡量做。」

九點一到，克魯茲的平板電腦準時響起鈴聲，蘭妮出現在畫面中。克魯茲把螢幕轉過來，好讓大家都能跟她打招呼。

「你剪頭髮了。」莎樂尖叫。

蘭妮晃晃她那一頭角度銳利、切齊下巴的鮑伯頭。「你喜歡嗎？」

「愛死了！」

克魯茲假裝一臉困惑。「那個臭鼬的白條紋是怎麼一回事？」

她把鬢角旁邊的一綹銀白色頭髮塞到耳後，揚起下巴。「這個顏色叫月塵。洗過就掉了。說到這個，我的刺青又是另一個故事——」

「什麼？」他把平板電腦轉過來。

她揚起嘴角。原來是開玩笑的，他怎麼會沒想到呢。他取笑她是臭鼬，蘭妮可不會裝作沒聽見就輕易放過他。他知道只有一個辦法可以贏她！克魯茲把母親的日記紙從蘭妮做的護套裡抽出來，放在書桌上。紙片過了幾秒發出橘色光束，克魯茲保持不動，讓光束掃描全身。日記一辨識出是他，隨即展開摺紙式變形，從長方形薄餅變成有稜有角的球體。這是蘭妮第一次親眼目睹變形過程，克魯茲緊盯著她的表情，看到她眉毛慢慢抬高，嘴巴漸漸張成一個O形。變形完成，球體的其中一個角隨即投射出克魯茲母親的不透明影像。他這時才把視線從蘭妮臉上移開。「嗨，媽媽。」克魯茲對浮在面前的金髮女子說。

「嗨，克魯茲。」

「媽媽，你能不能再說一遍第二塊密碼石的線索？」

「往北方走，前往大西洋鱈魚和石南花的故鄉，奧丁和索爾的國度。尋找最小的斑點，它孕育了地球最大的希望。」她身邊浮現一個輪廓，看起來像一枚缺角的箭頭。「要是遇到麻煩，就去找芙麗雅・斯可洛克。兒子，祝你好運！」說完，她的影像一格一格消失。接著球體自行拆解，不到幾秒鐘就恢復成原本扁平的長方形。

「哇！」蘭妮說，「好厲害。」

「奧丁和索爾是北歐天神，所以她說的一定是北歐國家，但我目前也只知道這樣。」克魯茲對朋友說。「必須先弄清楚是哪一個國家，我才能告訴艾斯坎達船長，獵戶座號應該往哪裡航行。我們是要去瑞典、丹麥、挪威、芬蘭，還是冰島？」

「別忘了格陵蘭。」亞米插話。

「還有法羅群島。」莎樂補充說。

「波羅的海上還有一個阿蘭德群島。」亞米在平板電腦裡打開北大西洋地圖。

克魯茲從室友背後望著地圖，搓著下巴思考。「地方還真多。」

「應該可以先排除掉幾個。」莎樂說，「比如說，格陵蘭真的算北歐嗎？我知道最早到島上開墾定居的是紅鬍子艾瑞克，但是就地理來說，格陵蘭應該看成北美洲的一部分。」

「是北歐啦。」亞米回答，「格陵蘭是由丹麥託管的自治領土，官方語言是丹麥語和格陵蘭語。通行的貨幣也是丹麥克朗。」

「好吧，好吧。」莎樂投降，「就算是北歐好了，可是島上有八成的面積都是冰。」

亞米皺起眉頭。「那又怎麼樣？」
「你真的覺得克魯茲他媽媽會把密碼石藏在格陵蘭？」
「為什麼不會？她要讓密碼不容易被找到啊。」
「可是那是他媽媽。」
「所以呢？」
「媽媽永遠不希望孩子去做**太危險的**事情。」
「我想她沒什麼選擇吧。」亞米嘆了口氣。「我們的對手可是涅布拉。」
「話是這麼說……」莎樂舉起手，「我投排除格陵蘭一票。」
「那我投不排除。」亞米瞪了她一眼。「克魯茲，你說呢？」
兩個人都看著他，等他投下關鍵的一票。克魯茲不知道該說什麼才好。
「大西洋鱈魚！」是蘭妮的聲音。
克魯茲差點忘了她也在。他看著他的平板電腦。「啊？」
「抱歉讓你們等這麼久。我打錯字了，難怪搜尋不到。是『鱈』魚，不是『雪』魚。大西洋鱈魚是鱈科的一種，每年一月到四月會從巴倫支海洄游到挪威海岸的傳統產卵場繁殖，這段時間最容易捕獲。」
二〇二號艙房裡的三種聲音同時大喊：「挪威！」
「我們趕快繼續想。」克魯茲說，他的心跳開始加速。「所以我們要去挪威，尋找孕育地球最大希望的最小斑點。最小斑點。斑點是什麼呢？是碎屑……圓點……還是一粒沙子，或者塵土——」

「是塵土。」莎樂彈了一下手指。「考古研究最常碰到塵土。線索裡那個長得像缺了角的箭頭的東西，可能是維京人的文物。」

「可能在他們的文化裡有重要的意義，」蘭妮接著說，「例如可能是某一種工具，或是一項推動他們文明發展的科技。」

「只要找到它在哪裡，我們就能找到下一段密碼。」亞米幫大家總結。

大家齊聲歡呼，除了克魯茲以外。他已經比他們多想了一步。第一次在媽媽日記裡看到那個彎彎曲曲的箭頭輪廓，他就懷疑那個形狀可能是古代文物。出海前，他已經畫下來拿給瑪莉索姑姑看過，畢竟她可是全球頂尖的考古學家。如果連她也認不出來的話……

他姑姑彎腰盯著他的平板電腦，拿著放大鏡仔細研究每個細節。「你知道是什麼材質嗎？」

「不知道。」

她拿開放大鏡。「邊緣粗糙，刻痕很深，我看是木頭。你看，這裡有幾個地方腐爛嚴重，金屬的話不太會看到這種痕跡。你知道出土年代嗎？北歐石器時代？維京時代？」

「抱歉，我不知道。不過這是一枚箭頭，對吧？」

「有可能。也有可能是斧頭、烹飪器具、首飾、梳子——」

克魯茲悶哼一聲打斷她。「所以說其實什麼都有可能。」

「恐怕是。」她再度彎腰看那張圖，黑髮蓋住平板螢幕。「只憑形狀沒有太多判斷依據。只有檔案館有設備可以比對，就算是這樣希望也不大……」

「檔案館？你是說學會總部的資料庫嗎？」

她猛然抬起頭。「我剛才說檔案館？沒有吧，我沒說。」

「有，你說了。」他忍著笑說，「我都聽到了。」

「你就當我沒說，你什麼都沒聽到。」

「為什麼？」

她畏縮了一下，然後弱弱地說：「因為我說了算？」

「瑪莉索姑姑！」

「總有一天我會解釋給你聽。此時此刻，你要相信我。不要寫下來，也不要跟別人說，甚至不要去想。聽懂嗎？」他從她逼人的眼神裡看得出來，她現在非常嚴肅。

「我懂了。」他說，但是他當然不懂。他怎麼會懂？他的腦袋又不是以前那種白板，沒辦法說擦掉就擦掉。檔案館。那會不會是什麼祕密圖書館？

莎樂、亞米和蘭妮已經慶祝完了，三個人都盯著他看。

克魯茲用力吞了口口水。「呃……抱歉……我們討論到哪裡了？」

「正在想那件文物在哪裡，」亞米說，「還有那是什麼東西。」

「喔對。瑪莉索姑姑已經在調查了，但是她說只有形狀很難辨認。我會把我畫的圖全部寄給你們，我們可以分頭搜索。」他點開平板電腦裡命名為「夏威夷照片」的資料夾，裡面有他爸爸的照片、他家的衝浪店，還有他們父子登山探險的照片。他往下捲動，找到另一個取名「衝浪」的資料夾，把它點開——祕密圖畫藏在這裡應該很隱密，他心想。「亞米，學會博物館的資料庫交給你來搜尋可以嗎？莎樂，你登入學院總部的圖書館。蘭妮你呢，你來搜尋斯堪地那維亞地區所有維京博物館。我去獵戶座號的圖書館查查看。大家一有發現就互相聯絡，好嗎？」

「沒問題。」蘭妮說。

莎樂和亞米也點頭。

突然，莎樂從椅子上跳起來。「噢，天啊，我得滾了。現在九點二十六分，再四分鐘就熄燈了。」她一溜煙衝向房門。「晚安，克魯茲、亞米。午安，蘭妮。」

「掰掰！」蘭妮大喊。

亞米已經站起來走向浴室準備刷牙。艙房的燈閃了兩下，那是泰琳提醒大家再過幾分鐘就要熄燈就寢的信號。克魯茲拿起平板電腦。「蘭妮？你還在嗎？」

「嗯。」

「抱歉，剛才拿你的頭髮開玩笑。其實真的很好看。包括那個月岩色。」

她嬌笑兩聲。「月塵色啦。不過謝了，因為我說謊，這個其實洗不掉。」

克魯茲望向床頭板下方他的枕頭原本該在的位置。枕頭的殘骸現在用床單包著塞在床底下，等著丟掉。他在想，要不要把有人闖空門的事告訴蘭妮。還是不要，說了只會嚇到她。

「對了，差點忘了。」蘭妮說，「我寄了一個愛心包裹給你。奶奶做了你最愛吃的東西。」

「百香果凍？」

「沒錯。」

克魯茲閉上眼睛，長長地嘆了口氣。他最愛的就是百香果。已經好久沒有剖開黃澄澄的果實，舀出香甜撲鼻、黏黏糊糊的果肉了。他想念那個味道。他想念家鄉的一切——吹動棕櫚葉的信風、路邊怒放的野薑花飄散的酸甜香氣、從腳趾縫間篩落的一粒粒溫暖白沙。還有衝浪。克魯茲幾乎還能聽見浪潮拍打海岸的聲音，感覺到那種輕緩舒暢的節奏。這是天底下最能讓他感到平靜的聲音。夜裡海浪拍擊船身的聲音雖然也不錯，但跟家鄉的還是不一樣。沒有一件事是跟家鄉一樣的。

「阿羅哈波，豪阿羅哈。」蘭妮用夏威夷語說「晚安，我的朋友」。

「阿羅哈波，豪阿羅哈。」他回答。

能夠聽見這些字句，還能實際說出來，感覺真好。就像一而再、再而三地重聽你最喜歡的那一首老歌。克魯茲在腦海裡播放著哈納列的風景，久久不願停止。

等他終於睜開眼睛，艙房已經全暗了。

5

克魯茲一把推開他姑姑在第三層甲板的辦公室門，大聲叫道：「挪威！」

瑪莉索姑姑原本彎腰低頭在看一個盒子，被嚇了一大跳，手肘狠狠撞上書桌。「哎唷！」

「抱歉，抱歉。」他衝上前去搓揉她的手臂，好像他摸了就會好一樣。

「挪威怎麼了？」她皺著眉頭問。

「那就是我們要去的地方。我們解出媽媽前半部的線索了。」

「小聲一點！杜根才剛走。」

「等我一下。」克魯茲點了點衣領上的蜂巢別針，說：「魅兒，啟動。」他掀開制服右下方的口袋，看到無人機對他眨著金黃色的眼睛。「魅兒，警戒模式。待在外面走廊的天花板附近，錄下所有動靜，如果有人在這扇門附近停

下來，就警告我。」微型無人機從口袋裡飛出來，Z字形來回飛向門框上方，在那裡盤旋了一會兒，隨後降落在細窄的水平木框上。他關上門。「這樣就萬無一失了。」

他姑姑點點頭表示同意。「所以，你說挪威是嗎？」

「那裡是大西洋鱈魚和石南花的故鄉，奧丁和索爾的國度。」他露出得意的笑容。

「的確是。」她亮晶晶的白色指甲輕輕叩著下巴，「的確是。」他看得出她正在思考要怎麼把這個新地點排進課程裡。「那我們要去挪威的哪裡？」

「呃……這個我們還沒想出來。我們還不知道那個文物是什麼東西，又是從哪裡來的。」克魯茲感覺到船引擎在腳下微微震動，他吐了一口大氣。「我知道我知道，我們動作要快，才能來得及告訴艾斯坎達船

長。」

她朝舷窗方向歪歪頭。「船首左舷外面是澤西海岸。你還有時間。」

或許吧，但還是愈早弄清楚他們的目的地愈好。克魯茲感到很躁動，而且是不好的那種——不是因為期待刺激的事情發生的那種不安。他擺脫不掉一種感覺，覺得接下來不是什麼新開始，而是有什麼事要結束了。他完全說不上來那到底是什麼事，是這整個情況令人不安。大概是被不明人士闖進房間的後遺症吧，他想。除此之外可能還要再加上睡眠不足。他在獵戶座號的頭兩個晚上始終翻來覆去睡不著。

瑪莉索姑姑端詳他的表情。「你有別的心事？」

確實是有，只是……

她向前兩步，穿越狹窄的辦公室，扶著

他的肩膀把他轉過去面向一張亮紅色的雙人沙發，這是這間小辦公室裡除了她的辦公椅之外唯一能坐下來的地方。她按著他的肩膀讓他坐下，緊挨著繡了金色皇冠圖案的白色抱枕，然後坐在他旁邊。「別以為我不知道你的腦袋瓜裡在想什麼。我喜歡你這孩子的原因之一就是你的好奇心，大概是因為你這一點和你媽媽太像了吧。但是你要聽我說。」她停下來，等他抬起頭面對她。「關於那個我沒說過、你也沒聽我說過的部門，我不能再透露更多訊息了。我很希望可以告訴你，但是現在還不行。」

「我知道。」克魯茲可以接受姑姑現在還不能告訴他檔案館的事。何況他一直想找機會跟她談的也不是這件事。克魯茲另有心事。「我是在想……你有沒有權限……我是說，你能不能告訴我合成部的事？」

「合成部？」她問，「只要是我知道的我都能告訴你，但基本上就跟你知道的一樣，畢竟你媽媽就是創始成員。合成部是學會的最高機密科學機構，專門研究人類心靈與身體的潛能。我不是權力核心裡的人，但我知道他們在人工智能，還有人體力量與耐力的領域有不少進展——」

「他們找我做什麼？」

她的眉毛一下抬了起來。「找你？」

克魯茲吐出一口鬱積已久的悶氣。終於。能把這件事告訴別人感覺真好。

她歪歪頭。「克魯茲，發生了什麼事嗎？難道有合成部的人跟你聯絡？」

「我原本不確定該不該告訴你——」

「你不確定該不該告訴我？」她的嘴唇抿成細細的紅線。「我們之間不可以有祕密，克魯茲。你對我假如有半點不老實，那這……尋找你媽媽的配方密碼這件事就不可能成功了。」

他絞著手。「我之前就應該跟你說的。只是我一下被退學，一下被魯克先生攻擊，然後又忙著登船——」

「好啦，沒事了。」她的表情緩和下來。「我沒有要罵你的意思。你繼續說。合成部是怎麼找上你的。」

「我被退學之後……有一天我在博物館裡閒晃，順便等你調查洞穴軟體的駭客。博物館裡忽然出現涅布拉的人要抓我，就是那個牛仔靴男。」

「你跟我說你逃掉了。」

「對，但我說我踩了他一腳然後趁機逃走，其實不是。其實是，我……有人幫了我。是這樣的，那個人把我逼到地下室角落，我以為我完蛋了。結果耶利哥突然不知道從哪裡冒出來，拿著一根恐龍腿骨往他頭上敲下去。」克魯茲竊笑，「一下就把他敲暈了。你沒看到太可惜了，瑪莉索姑姑。幸好耶利哥及時趕到——」

「耶利哥？」

「耶利哥・邁爾斯。他是合成部的研究員。至少我相信他是。他對自己的工作守口如瓶。亞米、莎樂和我有一次誤闖合成部實驗室，結果遇到他……我們第一次洞穴任務會遲到就是因為這樣。」她的額頭漸漸皺成一團，所以他想還是繼續說下去比較好。「總之，耶利哥每次都能及時出現，是因為他也在找我——不是想殺我，是要收集我的血液樣本。」

「你說什麼？」

「耶利哥說是他老闆派他來的，他也不知道原因。我覺得他說的是實話，因為他……他後來改變心意。我是說採集血液，他沒有採樣就放我走了。耶利哥抽自己手臂的血代替，然後叫我趕快離開，所以我就跑了。不過自從那件事之後，我就一直想不通——」

「合成部要你的血做什麼？」瑪莉索姑姑又開始用手指點著下巴。「我從來沒聽過耶利哥‧邁爾斯這個人，但我一定會去問問看……」

克魯茲心底突然湧起一陣恐懼。他到底在想什麼？他犯了天大的錯誤，不該告訴她的。他媽媽不是在日記裡說了嗎？她並不確定學會是敵是友。說不定合成部有人替涅布拉工作，說不定整個實驗室都替涅布拉工作！結果現在瑪莉索姑姑打算去問東問西——克魯茲很確定那裡沒有人會回答這些問題。

「……總會有辦法的，」她還在繼續說，「我們會查個水落石出——」

「不行！」他大喊。「不可以，瑪莉索姑姑。什麼都不要去問。」

「可是我以為你想知道為什麼——」

「不，我……」他的聲音分岔，淚水湧上眼眶，喉嚨裡好像哽了一塊東西。心中大吼著他說不出口的話：**我不想失去你。我會承受不了。已經失去媽媽了，我不能再失去你。**

她一手環抱住他。「不要緊，克魯茲。你不會有事的。」

「我擔心的……不是我。答應我你不會問別人，也不會去打聽。」他強忍淚水。「你一定要答應我。」

他看見她眼裡映出了自己的恐懼。「好吧。」她語氣放緩，「我們暫時不去碰這件事。我很高興你把事情告訴我。」

他把頭靠在她肩膀上，維持了一陣子這個姿勢，聽著船上的各種聲音——引擎規律的低鳴、隔壁廚房的杯盤碰撞。獵戶座號輕輕搖著小紅沙發和坐在上面的兩個人，讓大海的搖籃曲更添效果。上上下下，上上下下。克魯茲本來沒有打算靠著姑姑的肩膀入睡的。

但是他睡著了。

這天是星期日早上，克魯茲側躺在床上，手肘支著頭，跟床墊形成一個三角形。他正在讀石川博士的生物課指定閱讀的一篇文章，主題是核酸，所有生命體的基本結構。文章說明去氧核醣核酸如何承載生物體內每一個細胞的基因碼，把基因訊息一代傳給一代。克魯茲用手指輕撫 DNA 分子的插圖。他坐起來，手臂向外伸開，目光從手腕內側像梯子纏繞的淡粉紅色胎記，慢慢移向圖中 DNA 的雙股螺旋。

克魯茲在好一陣子以前就知道，他這個奇怪的胎記很像一段 DNA。他爸爸是第一個這樣說的人，當時克魯茲還小。「這代表你很特別。」他爸爸解釋說，只是克魯茲並不覺得哪裡特別，他只覺得怪異而已。到了學校，小朋友總嘲笑他手上有紅紅粉粉的奇怪疤痕，所以克魯茲成了隱藏胎記的專家。他習慣把手插在口袋裡，或是穿長袖衣服、戴手環手錶遮住——甚至還貼過膠帶。不過一個多月前，他來到探險家學院以後，沒有半個人提到他的胎記，只有泰琳替他戴芝麻開門手環的時候提過。但她沒有笑他，只說他的胎記很酷。手環只遮到胎記的一點點。克魯茲很納悶，是他現在太會遮了，所以學院裡才沒有人注意到嗎？有可能。亞米身為他的室友一定有看到。可是就算看到了，他也一聲不吭。

這個室友現在正蹲在克魯茲的衣櫥旁邊，彎著脖子，閉起一隻眼睛，忙著把一個白色正方體，跟他放在克魯茲床頭櫃上另一個一模一樣的白色正方體對齊。亞米瞇著眼睛，把冰塊大小的大型白色感應器往右推了兩公分。

「保全系統架設得怎麼樣了？」克魯茲問。

「紅外線光束快好了。」亞米輕推一下正方體，往右再移動了一根頭髮寬度的距離。「來啟動看看吧。你先去外面，我打信號你再進來。」

克魯茲聽從指示出去，站在走廊上，聽到亞米大喊：「好了！」再開門進來。什麼都沒發生。「奇怪，是不是壞了？」

亞米癟癟嘴。「你要穿越其中一道光束才行。」

「喔。」克魯茲往前踏了一步。

咿——喔——咿——喔！

克魯茲慌忙伸出雙手摀住耳朵，感覺大腿上有東西抖了一下。忽然間，魅兒從他的口袋裡飛出來，盤旋在與視線齊平的高度，對著他閃爍金黃色的眼睛：三次短閃，三次長閃，接著又是三次短閃。它繞著他飛了一圈，然後又重複同樣的行動。

「摩斯密碼。」亞米扯著嗓子說，同時關掉警報器。「魅兒發的是國際求救信號，讓你知道有人侵入保全範圍。」

「你到底是怎麼——」

「我還把它改裝成感應器一被觸發就會發出高頻率音波，音高有八萬赫茲，差不多只有蝙蝠和魅兒聽得到。」

他說蝙蝠嗎？克魯茲的耳朵還在嗡嗡作響。

亞米的眼鏡變成如陽光般明亮的圓形。「總共有八個感應器，四道紅外線光束。一道在門內，另一道再往內大約一公尺，作為第一道防線的補強，第三道從衣櫥連到你的床頭櫃，最後一道設在陽臺的門，以免有人從陽臺偷溜進來。」

「真厲害。」克魯茲說，他的聽力差不多恢復正常了。

「我還沒說完。這只是第一階段，只有晚上房間剩下我們兩個人的時候才能用。看到了嗎？我留了一條暢通的走道，我們才可以去上廁所。第二階段是攝影機。芳瓊借了幾臺給我，是她自己設計的。你看。」亞米從口袋掏出一個長方形小盒子，打開蓋子，伸到克

魯茲面前。

他好奇地看進盒子裡。「這些是攝影機？長得好像貝殼。」

「很酷吧？」亞米對他露出得意的一笑，伸手拿出盒子裡的東西，乍看像是打磨光亮的白海螺殼。「這個還可以裝到通話器上面，只要有人進來，我們就會收到語音警示，然後可以切換到平板電腦，即時看到進來的人是誰。我把這些裝好之後要去一趟科技實驗室，芳瓊會幫忙我把整個系統連接起來。你要一起來嗎？」

「交給你就好了，你是專家。我想去看潛水艇。」克魯茲留下亞米繼續安裝貝殼攝影機，自己走下兩層甲板到B甲板，經過貨艙，再穿過一扇上面掛了「水上運動室」牌子的門，然後依照「潛艇甲板」牌子下方箭頭的指引，先左轉，再往右彎，走進一個大房間。克魯茲向前走了幾步之後猛然停下腳步，視線慢慢向上移動，瞥見一個橄欖綠色、長得像一顆超大雞蛋的東西。**雷利號！**

克魯茲把一隻手放在潛水艇的金屬外殼上。他讀過關於這艘潛水艇的各種資料，這是一艘海王星二代級的深海潛水艇，名稱取自地球上瀕危程度最高的一種海龜，肯氏龜（Kemp's Ridley）。雷利號高四點八公尺，長十二點三公尺，船殼經過強化，幾乎不可能刺穿。船身有四隻機器手臂和六部高解析度攝影機，內部空間可容納駕駛、副駕駛和大約

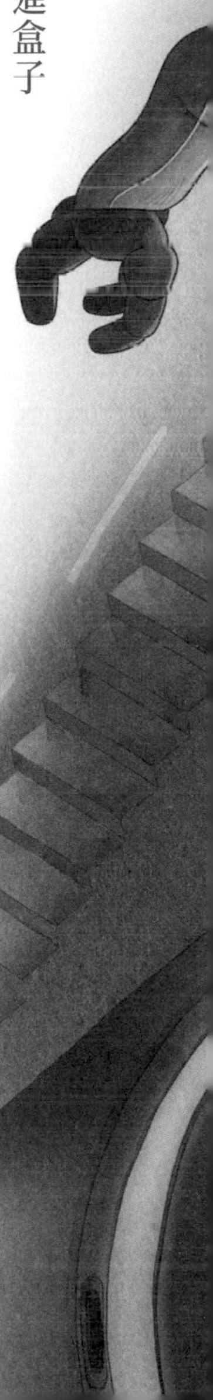

八名乘客，能以最快八節的速度連續航行四十公里，還能下潛至海洋最深處的海床，大約十一公里深！

這時潛水艇頂端的艙口打開。克魯茲覺得很尷尬，連忙往後跳開。

崔普・史卡拉多斯亂蓬蓬的頭冒了出來。「很美的潛水艇吧？」

「是啊，真的很漂亮。我是不是打擾到你了？你說我有空可以過來——」

「放心，老弟。我只是在做檢測。進來瞧瞧呀。」

克魯茲指著自己的胸口。「你是說……我……可以進去？」

崔普的頭往下溜了回去，剩下一隻手在外面揮了揮，示意克魯茲一起下來。克魯茲爬下潛水艇側面的樓梯，小心翼翼地下到卵形的船艙裡。裡面空間狹小，但是不至於太侷促。弧形的艙壁上有很多儀表板，上面滿滿的都是控制桿、開關、按鈕和刻度盤。

「上去試試看。」崔普指指駕駛座要克魯茲坐上去。

克魯茲小心地坐進 U 型舵輪柱後方的皮椅。

「這是前進和倒退的推進器。」崔普拍拍克魯茲右手邊的推桿。「你的右手邊是主控制板——前進，後退，下潛。左手邊是機器手臂。你也可以封閉船艙後段，形成氣密狀態，然後就可以派出潛水員。」

「這個黃色按鈕是做什麼用的？」克魯茲伸出手。

「不要碰！」

克魯茲連忙縮手。「對不起。」

「開玩笑的，老弟。」崔普用大拇指按下黃色按鈕，他們正前方的牆壁被燈光照亮。

「這個是前照燈。」

克魯茲笑了出來。「你駕駛雷利號下潛過幾次啊？」

「天啊，我還真沒算過，上百次有吧。從我接受檸檬汽水洗禮到現在已經好幾年了。」

「檸檬汽水？」

「新進駕駛員初次下潛回來以後，一定會被當頭淋上一桶檸檬汽水。算是通過考驗的儀式。這儀式保證你全身黏呼呼。」

「可是能駕駛雷利號就值得了。我好想學，付出什麼代價我都願意。」

崔普轉著手指上的變色龍戒指。「要的話我可以教你呀。」

要的話？駕駛**雷利號**？崔普在開玩笑嗎？他當然要！

「那真是好棒了。」克魯茲噗哧一笑，「哈哈，好棒了！我一時拿不定主意要說好棒哦，還是太棒了，居然兩個一起說！」

「很炫的詞。怎麼樣，我現在還有一點時間，想開始上深海潛水艇操作的第一課了嗎？」

這種事不需要再問克魯茲第二遍。蘭妮聽了絕對不會相信，他自己都不敢相信了！

崔普滑進副駕駛座。「我們就從基本的推進操作開始吧……」

6

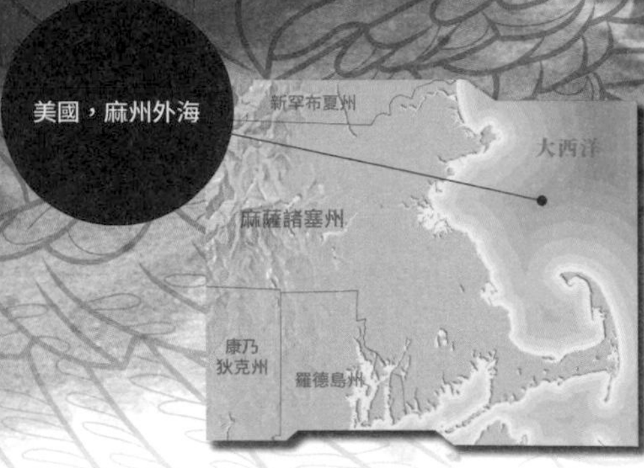

「真的嗎？」蘭妮一手拍上臉頰，露出驚訝的表情。「你開到潛水艇了？」

「還沒啦，不過崔普說再上個幾堂課，我就可以當他的副駕駛員，實際下潛到海裡了。」

「可惡，好羨慕啊！」橘色、黃色和綠色在亞米的鏡框裡飛快旋轉。「我應該跟你去的。」

「下星期天我還會去上課！」克魯茲大聲宣布。「我會問問看你能不能一起來。」

蘭妮嘆了口氣。「真希望我也能去。」

她看起來好失望，克魯茲覺得很抱歉，不知道該說什麼才好。或許他不該把遇到的每一件驚奇的事全部告訴她，這只會讓他們兩個人都不好受——蘭妮不好受是因為她不在這裡，克魯茲則正是因為他在這裡。可是，蘭妮是他全世界最要好的朋友。遇到天大的好事，怎麼可能不和你最好的朋友分享？

「我是泰琳，各位探險者請注意！」衣領上的EA別針突然發出聲音，把克魯茲嚇了一跳。他還在習慣這個東西。「請所有探險者十分鐘後到第三層甲板的會議室集合。重複一次。

十分鐘後在第三層甲板的會議室集合。」

「我還以為星期天是自由活動日。」亞米抱怨說。

克魯茲聳聳肩。他也這麼以為。

「你們最好趕快去。」蘭妮的聲音流露出嚮往。

「先走了，蘭妮。我晚點再打給你。」克魯茲向她揮揮手，然後用手臂夾著平板電腦離開。

來到走廊，所有探險者已經魚貫走向天井，克魯茲和亞米也加入隊伍當中。克魯茲趕上詹恩，他走在他們那一組最前面。「你知道怎麼了嗎？」

「完全不知道。」

「說不定是緊急逃生演練。」阿里說，「就是讓我們練習前往救生艇站集合，撤離這艘船。」

「如果是那樣，我們會先聽到警報聲。」亞米說。

他們逐一進了會議室，看到泰琳已經到了。她站在長桌首席的位置，一反平常溫暖的問候，直截了當就說：「請按照組別就座。麥哲倫隊在右後方的座位，庫斯托隊在左後方。艾爾哈特隊，坐在我右手邊；伽利略隊，你們在我左手邊這裡。」

克魯茲在亞米和布蘭迪絲中間的位子坐下。杜根坐在布蘭迪絲隔壁，莎樂坐進杜根旁邊的椅子。除了他們這一組以外，每一組都有六名探險者。朗蕭・麥基崔克原本是他們的隊員，但他已經被退學了。克魯茲忍不住想，庫斯托隊現在少了一個人，之後的任務不知道要怎麼進行。

「我最近注意到，獵戶座號上有一個嚴重的問題。」泰琳把雙手擱在桌上。「這個問題一定要盡快解決。」

克魯茲不自在地換了個姿勢。他們做錯了什麼嗎？泰琳很少這麼嚴厲對他們說話。布蘭迪絲天生就很白皙的臉龐，變得像粉筆一樣灰白。亞米的心情眼鏡也變成朦朧的灰色。他很害怕。

「我萬萬沒有想到，這個情況這麼快就發生了。」泰琳繃緊下巴，「我想說的是，你們上船才不到一個星期，但是——」她瞇起眼睛掃視會議室，「大家看起來居然都這麼焦慮！」

大家花了幾秒鐘才聽懂她這句話的意思。等等……所以她是說……？

泰琳臉上慢慢浮現神秘兮兮的笑容，取代了剛才嚴肅的表情，所有探險者包括克魯茲在內，都恢復了正常呼吸。不會有人倒楣了！克魯茲注意到布蘭迪絲的臉頰恢復了血色，亞米的眼鏡也變回綠色。

「從現在起，」他們的班導師說，平靜的語調又回來了。「星期日正式定為芬迪日。」

布蘭迪絲把頭歪向克魯茲。「什麼是芬迪日？」

「就是遊戲日，funday。」克魯茲把發音逐字說清楚。「這是新創的詞。」

「哎，真是的！用英文學習科學用語已經夠難了，現在連你們自己造的詞，我也得傷腦筋？」

克魯茲這才想到，對於那些母語不是英語的探險者來說，學院的課業想必不光是有一點難而已。他對她露出微笑。「你沒問題的。」

布蘭迪絲害羞地報以笑容，兩邊臉頰各浮現一個酒窩。

「以後每個星期天下午，我們就會在這裡集合，一起做一項活動。」泰琳解釋說，「可能是組裝迷你機器人，或是製作薑餅屋版本的泰姬瑪哈陵。也可能是製作扎染襪子，或是學習打航海繩結。有的你們可能很喜歡，有的可能不是你的菜。不要緊。但你們畢竟是探險者，所以除了要探索外在的世界，也要發掘自己內在的潛力。」

杜根高高舉起一隻手。「每個人都一定要——」

「是的。」她和藹但迅速地打斷他。

「所以是強制取樂規定。」亞米向克魯茲開玩笑說。

「我們的第一次遊戲日活動，是猜謎尋寶……」泰琳說，「類似這樣的活動。你們等一下就知道我的意思了。」

「我們的拿手強項。」克魯茲低聲對亞米說。

「忘了說，」班導師說，「獲勝的那一組，每個隊員都會拿到一個獎品。」

「什麼樣的獎品？」孫濤問。

「你們贏了就知道。」泰琳從她的托特包裡拿出幾個信封，繞會議室走了一圈，發給每一組一個信封。她把庫斯托隊的信封交給克魯茲。「裡面有規則說明，我喊開始之前不要打開。」她的眼裡閃爍著光芒。「記住，遊戲的重點是要玩得開心。」

克魯茲把手指伸進信封摺口。會議室一下子變得鴉雀無聲。

「準備好了嗎？」泰琳回到她最初的位置，高舉起一隻手，像要為馬拉松比賽鳴槍起跑似的。「預備，開始！」

克魯茲拆開信封，抽出兩張紙，把其中一張遞給莎樂。莎樂攤開她那一張紙，大聲讀出：

歡迎來到泰琳的找樂子時間：
有點另類的猜謎尋寶遊戲！

任務：循線前往位在獵戶座號船上的某個終點，沿途破解一連串謎語並收集寶物！

步驟一：破解一道謎語，然後前往答案暗示的地點。

步驟二：抵達以後，尋找配戴紅色康乃馨的人。他或她會交給你一件寶物，以及一道新的謎語。請帶著拿到的寶物一起行動。

重複步驟一和步驟二，直到集滿三件寶物。這些寶物和最後一道謎語會引導你到達終點。第一個帶著所有正確的寶物抵達終點的小隊獲勝！第一道謎語就裝在這個信封內。

祝各位好運！

「謎語在我這裡。」克魯茲揚起手上的紙說。「我們去別的地方解謎。」他們匆匆離開會議室，來到交誼廳一角。克魯茲在桌子上攤平那張紙，其他隊員紛紛圍靠過來。

「這是畫謎。」亞米向大家說，「我們必須猜出每個圖案代表的字詞，然後把所有字詞組起來連成句子。」

布蘭迪絲歪著頭看。「第一個圖是泥土還是沙子？」

「我覺得是沙。」克魯茲回答，「看起來像沙灘。」

「沙、雙胞胎、打蛋。」杜根大喊。只見他雙手一拍。「我知道上面那一行是什麼了。打沙包！」

亞米皺起眉頭。「我不覺得她們是雙胞胎，杜根。她們髮型不一樣，依我看比較像姊妹。」

「我覺得第三個也不是打蛋，是攪拌。」莎樂說。「攪拌器沒有在動。」

杜根打著哈欠說：「隨便啦。」

「第四個是一堆衣服。」布蘭迪絲說。

「那堆金幣一定是寶藏。」莎樂提出她的猜想。

布蘭迪絲瞇起眼睛。「再來那個，是熊的窩嗎？」

「最後一個看起來像門，」克魯茲也歪著頭，「或是籬笆。」

「等等，不對——應該是金子。」莎樂低聲咕噥。「對，金子比較合理。」

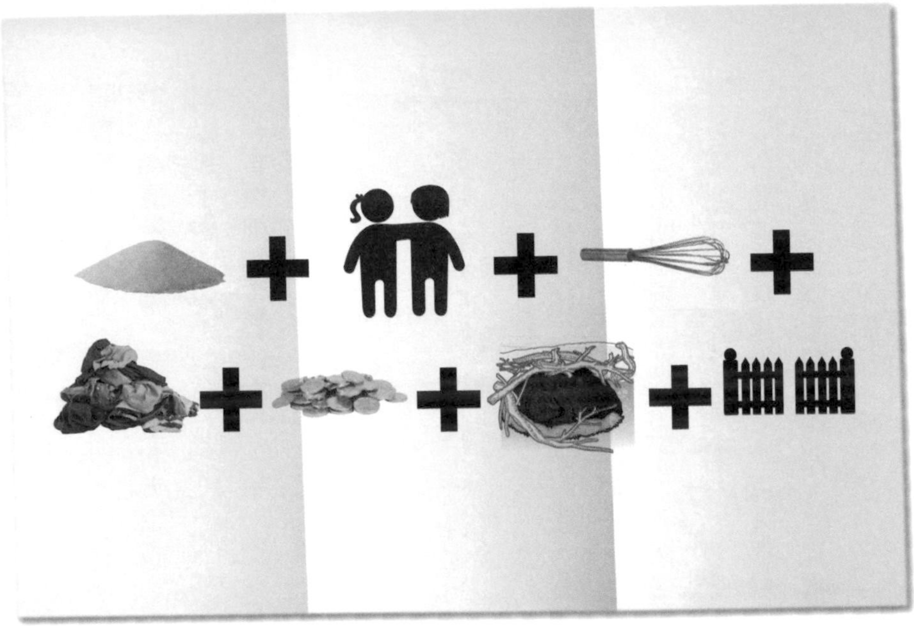

「要我說，每一個都不合理嘛。」杜根嘀咕說，「誰在乎什麼是什麼？解出這個又不算成績。聽說克里斯多主廚正在做手工巧克力冰淇淋。不如我們別管這個無聊的遊戲了，去看看他做好了沒——」

「應該只是窩。」布蘭迪絲說。

「朋友更有可能。」亞米喃喃自語。

「那絕對是門。」克魯茲斷定。

「太愚蠢了。」杜根一屁股坐進椅子裡。「我們永遠猜不出來的啦。」

「我知道了！」克魯茲大喊。「大家聽好，我指到你，你就說出覺得跟圖片最符合的字。我先開始，沙，sand。」他指向亞米，亞米說「朋友，friends」，再指向莎樂，她說「攪拌，whisk」；布蘭迪絲接著回答「衣服，clothes」，再回到莎樂的「金子，gold」，然後是布蘭迪絲的「窩，den」，最後結束在克魯茲的「門，gate」。克魯茲望向布蘭迪絲。「現在照順序把全部唸一遍。」

「Sand，friends，whisk，clothes，gold，den，gate。」她咯咯傻笑。

「再說一次，速度快一點。」

「Sandfriends，whiskclothes，golden gate。」她倒抽一口氣。「San Francisco’s golden gate，發音跟舊金山金門大橋一樣！」

「所以是橋。」莎樂脫口大喊。「我們成功了，解出來了，水喔！」

「趕快走吧！」亞米從椅子上跳起來。

杜根冷笑一聲。「我們從這裡是要怎麼去金門大橋？」

莎樂一手拍在額頭上，露出受不了的表情。

「不是真的那座橋，杜根。」克魯茲指向頭頂。「是那個，艦橋。」

「噢。」

艾斯坎達船長在艦橋入口迎接他們，名牌上插著一朵紅色康乃馨。他的白制服一如往常繃得很緊，金色鈕釦在他圓滾滾的肚皮上方已經撐開到了極限。他濃密的眉毛左右相連，眉毛底下眼窩深陷，眼周佈滿皺紋。「表現得不賴，庫斯托隊！」

「我們是來找你的第一組嗎？」亞米打探地問。

「我不能說，我發誓要保密。來，你們的寶物。」他遞給亞米一顆黃色橡皮球。「還有下一道線索。」他把一個小硬紙盒放上莎樂的掌心。

「謝謝，艾斯坎達船長！」

莎樂一拿到就忍不住偷瞄盒子裡的東西。「裡面是拼圖。」

他們衝回交誼廳，把拼圖片全部倒在桌上，開始拼湊圖案。總共約有五十片拼圖，大多都是綠色，而且全都沒有稜角！他們五個人擠在一起七手八腳，克魯茲覺得比起單獨一個人來拼，大概花了兩倍時間才把整個圓形圖案拼出來。他們把拼圖一片接一片卡進定位，克魯茲認出了上面的圖案。「是雷利號！」

他們立刻動身前往水上運動室。就在快步衝下右舷的大迴旋梯之際，他們看到艾爾哈特隊也從左舷那一側跑上樓梯。

「希望他們不是領先我們。」亞米說。

樓梯下到一半，克魯茲停下腳步。「杜根人呢？」

「他剛才在我後面。」布蘭迪絲叫道，「不過還是一直在嘀咕冰淇淋的事。」

「唉唷，真是的。」莎樂喘著氣說，「那個傢伙！」

「放輕鬆，我在這裡。」杜根出現在樓梯頂端，若無其事地晃過來。

杜根吊兒郎當的態度漸漸惹得克魯茲有點生氣，他看得出其他人也一樣。他開口想說點什麼，但又忍住。泰琳說了，這本該是開心的活動，更何況現在起爭執也沒有半點好處。

克魯茲領著全隊下樓來到B層甲板，經過控制室和貨艙，進入水上運動室。

崔普・史卡拉多斯就在深海潛水艇旁邊等著他們，紅色康乃馨插在他的耳後。他誇張地眨幾下眼皮，好像在參加選美比賽。「拿去吧，小兄弟。」崔普交給亞米一條紅灰色格紋的圍巾。「你們的線索馬上就來。」

崔普關掉燈光，點擊電腦上的一個按鈕，一行立體投影文字浮現在他們眼前。只有一句話，文字發著光，懸浮在克魯茲的肩膀上方：地球上哪一棟建築有最多樓層？

莎樂最先開口。「我猜是世界貿易中心一號大樓，它有超過一百層樓。」

「上海中心大廈更高。」亞米提出另一個答案。

「才不是。」

「就是。」

「我每次說話，你都一定要反駁嗎？」

「只有你說錯我才會反駁你。你錯得那麼離譜，我怎麼忍得住不說？」

莎樂氣得嘰了一聲。

「世界貿易中心一號大樓有一百零四層樓。」克魯茲插嘴。他趁他們兩個拌嘴的時候，翻開平板電腦上網查了一下。「我看看……上海中心大廈有一百二十八層樓。」

「我就說吧。」亞米立刻回嘴。

「不過呢，全世界最高的建築是——」克魯茲用力吞了口口水，「倫敦的涅布拉大樓。」

「所以我們兩個都錯了。」莎樂喜孜孜地宣布。等她意識到克魯茲說的地方，才伸手摀住嘴巴。

「倫敦？」布蘭迪絲的眉毛之間皺出一條縱向凹痕。「船上沒有名字叫倫敦的艙室吧，有嗎？」

「沒有。」亞米飛快回答。「克魯茲，你確定沒有其他更高的建築了？」

克魯茲用他最快的速度打字。「正在查。」

「你這是在浪費時間。」杜根慢吞吞地說。他懶洋洋地靠著他們身後一根柱子。

「是嗎？」莎樂雙手抱在胸前。「你這麼聰明的話，請問你答案是什麼？」

「不要理他，莎樂。」亞米的鏡框化成一對營火顏色的正方形。「他只是想惹我們生氣。」

杜根吹了聲口哨。「好吧，既然你們不想知道……」

「我們既然還是隊友，就應該合作。」克魯茲提醒大家，「杜根，你如果有話想說，對解謎也有幫助的話，那就直說。」

杜根挺直身子，慢悠悠地走向他們。「樓層的英文是story，也是故事的意思。地球上最多故事的建築物……笨蛋，那麼簡單……就是**圖書館**啊。」

克魯茲真想給自己一拳！杜根說得沒錯。這是猜謎遊戲，又不是地理課的隨堂測驗！得意洋洋的杜根邁步走出房間。庫斯托隊的其他成員面面相覷，交換了驚訝的表情。他們最懶惰的隊員，剛才真的解開了謎語？

杜根探頭回來。「你們要走了沒有？還在比賽，記得吧。」

他們匆匆忙忙沿著B層甲板的走廊前進，克魯茲大力拍了一下杜根的背。「厲害啊。」他得到一個歪歪扭扭的冷笑作為答覆，不過這個笑容出自杜根，也算是一大進步了。

圖書館在艦橋後方，要往上爬五層甲板。這群同學跌跌撞撞推開圖書館大門時，每個人都已經上氣不接下氣。克魯茲沒看到別隊的人，所以他們要不是表現得特別優秀，要不就是特別差。荷蘭博士揮揮手要他們走到借書櫃臺來。她的黑色毛衣胸口別著一朵紅色康乃馨。這位圖書館員交給克魯茲一張紙。「這是你們的最後一道謎語。」克魯茲瞄了紙張一眼，隨即亮給其他隊友看。

莎樂哀號抱怨：「一張沒有任何標示的地圖？」

「我只能告訴你們，這是北半球的某一個國家。」圖書館長把一個籃子拿到杜根面前。「這是最後一件寶物。請從籃子裡抽一張，找出紙條指示你們找的物品。那樣物品可以帶出圖書館，但是遊戲結束之後記得歸還。」

杜根伸手從籃子裡抽了一張紙條。「上面寫：823.819，道爾。」

「圖書索引系統。」克魯茲和亞米異口同聲地說。他們之前就做過同樣的事。

「布蘭迪絲、莎樂和我會去找那本書。」杜根指示大家，「你們兩個負責查是哪一個國家。」

圖書館後方有兩張地圖桌，亞米和克魯茲跑向其中一張。桌子其實是一臺嵌在桌框裡的巨型電腦，水平的螢幕面向天花板。觸控式螢幕讓人可以輕鬆迅速滑到地球上的任何位置。克魯茲把那張沒有任何標示的謎題地圖攤在螢幕上，亞米捲動螢幕。他們開始逐一檢視全世界的海洋和大陸，尋找符合的形狀。

「這個地方三面環海。」克魯茲說。

「周圍還有很多小島。」亞米補充說。「世界很大。這樣找沒完沒了。」

「只能希望其他人在找的書幫得上忙。」他的目光從地圖轉向電腦，然後又回到地圖。克魯茲有一種奇怪的感覺，他以前好像看過這張地圖，或是類似的東西。但會是在哪裡看到的呢？他的餘光瞄到某個東西。「亞米，停！」亞米把手縮回來的同時，克魯茲把螢幕從東歐拉回到北大西洋。他把謎題地圖推到英國上方，縮放畫面大小來對齊邊界。「有了！」

對得剛剛好。他們的地圖是蘇格蘭。克魯茲和亞米互相擊拳慶祝！

「我們找到了！」亞米抬頭朝其他隊友大喊，他們正小跑步經過二樓的平臺欄杆。

「我們也是。」莎樂在上面大喊。「馬上下去。」

克魯茲凝視著謎題地圖，電腦螢幕發出的光線照亮地圖凹凹凸凸的邊界，給人一種好熟悉的感覺……

克魯茲懊惱地啊了一聲。他怎麼會有眼無珠，居然沒看出來呢？

亞米聽見他頓悟的叫聲。「怎麼了？」

「日記裡的文物。我剛才發現──」

「你**現在**在想那件事？」

「亞米，那東西會不會跟我們想的不一樣？假如那不是維京文物呢？」

「那會是什麼──」

克魯茲舉起謎題地圖。

亞米的下巴被大西洋海水的燈光效果照成藍色，慢慢垮了下來。「如果真的是那樣，那這麼多天以來，你……我……我們……」

克魯茲用力吞了口口水。「我們都找錯方向了。」

7

杜根、莎樂和布蘭迪絲奔向他們，克魯茲和亞米知道目前只能暫時擱下密碼石的線索，之後再來討論。杜根緊急煞車，同時快速伸手給克魯茲和亞米看書的封面。書名是《巴斯克維爾的獵犬》，作者是亞瑟・柯南・道爾。「你們……有什麼……發現？」杜根氣喘吁吁地說。

「蘇格蘭，」克魯茲說，「地圖的謎底是蘇格蘭。」

「我們要把線索跟收集到的寶物湊在一起，才曉得終點在那裡。」莎樂也不停喘氣。

就在那一瞬間，麥哲倫隊一陣風似地衝進圖書館。詹恩、尤莉雅・納瓦羅、葉卡特琳娜・帕哈林、孫濤、阿里和馬提歐・蒙特菲奧雷，匆匆奔向荷蘭博士。

「我們不要讓他們看見，」亞米指示大家，「到那根柱子後面……」

「走！」布蘭迪絲用氣音說，「快點！」

跟隊友一起躲起來以前，克魯茲故意把電腦地圖滑到南極洲。他們偷偷聚在一起之後，亞米從口袋掏出黃色橡皮球和格紋圍巾。克魯茲揮揮手上的蘇格蘭地圖。杜根舉起《巴斯克維爾的獵犬》。克魯茲只花了幾秒就想通了。球、格紋圍巾、蘇格蘭，跟一本書名裡有狗的書，能推理出的答案只有一個：哈伯，泰琳養的西高地白㹴。

「水喔！」莎樂大喊。「是——」

亞米連忙伸手摀住她的嘴巴。「不要說出來。」

「全速前進！」杜根一聲令下，大家立刻衝向門口。他們在走廊上狂奔時，遇到伽利略隊從另一個方向迎面而來。這樣一來就只剩下一隊去向不明。艾爾哈特隊會到哪裡去了呢？

「我猜他們一定領先了。」杜根跑在隊伍最前頭。「大家加快腳步。」他們飛快衝下三段梯子，然後向左急轉，衝進探險者的宿舍。杜根跑得飛快，要不是克魯茲拉住他的衣襬，他差點就一頭撞上牆壁。泰琳的房間在左舷第一間，房門開著！進了房間，他們看到泰琳坐在淺藍色扶手椅上，靜靜地打毛線。哈伯正在她腳邊的狗窩裡睡覺，紅灰色格紋的狗窩跟亞米後來圍在自己脖子上的那條圍巾花色相同。

粉紅色的毛線棒針停了下來。「你們有東西要給我嗎？」

亞米解下圍巾，跟球一起交給她。杜根也遞上那本書。

「是哈伯……統合所有線索之後，答案是哈伯。」布蘭迪絲喘著氣說。

泰琳接過他們交來的東西，放進旁邊一個空桶子裡。「你們的答案正確，三樣寶物也都拿到了。表現得非常好。不過呢——」她苦惱地望了他們一眼，「很遺憾，我必須告訴你們，遊戲結束了……」

可惡！艾爾哈特隊搶到了第一名。

「……因為**你們贏了！**」

克魯茲立刻被圍上來的隊友緊緊抱成一團，又蹦又跳，開心地慶祝獲勝，直到幾分鐘後麥哲倫隊出現才放開。他們辦到了。終於！歷經三次在學院總部的訓練課程，一次在獵戶座號上的遊戲，庫斯托隊總算有一次拿到第一名了！而且他們只有五名隊員。克魯茲心想，也許居於劣勢——或者自認為居於劣勢——不見得是壞事。至少肯定激勵了他，讓他加倍努力。

等所有小隊都抵達以後，泰琳的房間已經擠到多一個人都擠不下了。泰琳要大家安靜下來。「表現得太好了！你們手腳比我預期的快很多，不過話說回來，我早該想到的。你們可是最頂尖、最聰明的學生。大家覺得好玩嗎？」

「好玩。」克魯茲興致高昂地和大家同聲說道。就連找偏方向、最後竟然跑到醫務室去的艾爾哈特隊，也一個勁兒地點頭又傻笑。

「頒獎時間到了。」泰琳把手伸進毛線籃裡。「庫斯托隊，請上前一步，伸出兩隻手。」

克魯茲站在亞米和布蘭迪絲中間，雙手交疊，手掌彎成杯狀。他的想像力已經開始飛馳，假想各種可能的獎品。他們說不定會拿到最新出土的恐龍化石，或是來自亞馬遜雨林的會說話的植物，或是火星上的岩石！泰琳慢慢走近，他的心跳也愈來愈快。

「獎品是什麼？你們拿到什麼？」他們背後的同學問個不停。

克魯茲感覺有個東西落在掌心裡。泰琳走開以後，他低頭一看，手裡是一顆紫色的膠囊，就像一般裝了感冒藥的長橢圓型凝膠膠囊。只是這顆藥丸比普通膠囊大了兩倍。克魯茲暗自祈禱不必把這東西吞下去。這顆東西一定吞不下去的！

「所以是什麼？」阿里在他們背後急切追問。

「是一個球柱體。」亞米大聲宣布。

「什麼啊？」

「是一個膠囊。」亞米用大拇指和食指夾著，把東西舉高。

阿里的笑容黯淡下來。不只是他，在場的許多人也一樣。克魯茲把膠囊放在掌心，用指尖緩緩滾動。他想像了那麼多可能拿到的超棒獎品，這個東西連前一百名——不對，是前一百萬名都排不上。

「看起來好像我的過敏藥丸。」杜根戳著他的膠囊。

「別吞下去。」泰琳警告他們。「那不是給你們吃的。你們每個人拿到的是一顆時光膠囊，這是一個可以儲存記憶的電腦化裝置——不是記憶體喔，真的是用來儲存記憶的。用法很簡單。把它放在掌心裡，然後用力握拳。感覺到膠囊震動的時候，回想你希望記住的某一件事、某個人或是某個地方，膠囊就會把這段記憶儲存下來，之後你本人，或是拿到你這顆膠囊的人，就能重溫那一刻的記憶。」

二十三位探險者全聽傻了眼，瞠目結舌地看著她。克魯茲看了看他的膠囊。泰琳一定是在開玩笑。實在很難相信一個看起來這麼平凡的玩意兒，能做到這麼厲害的事。克魯茲看得出亞米也很懷疑。他抬高了手臂，鼻尖對齊手腕，從四面八方觀察這個長橢圓形的裝置。

泰琳笑了笑。「獎品還不差吧？」

等到他們終於意識到她沒有開玩笑，一陣興奮的嘰喳交談立時席捲了整個艙房。

「就在此時此刻，你們握著它的時候，膠囊也在同步你個人的生物電磁特徵。」泰琳解釋，「我來示範用法給你們看。」她拿起一個膠囊，合起手掌包住，然後閉上眼睛。過了三十秒，她睜開眼睛並打開手掌。紫色的球柱竟然在發光！

所有人都倒抽了一口氣。

泰琳牽起克魯茲的右手，把膠囊放進他的掌心，用他的手指包住。「閉上眼睛。」

克魯茲聽從指示。他的腦海中慢慢出現閃爍的白光，就像國慶日那一天在天空綻放的燦爛煙火。光焰消失之後，他看到自己穿過探險家學院的大門。他跟瑪莉索姑姑和莎樂走

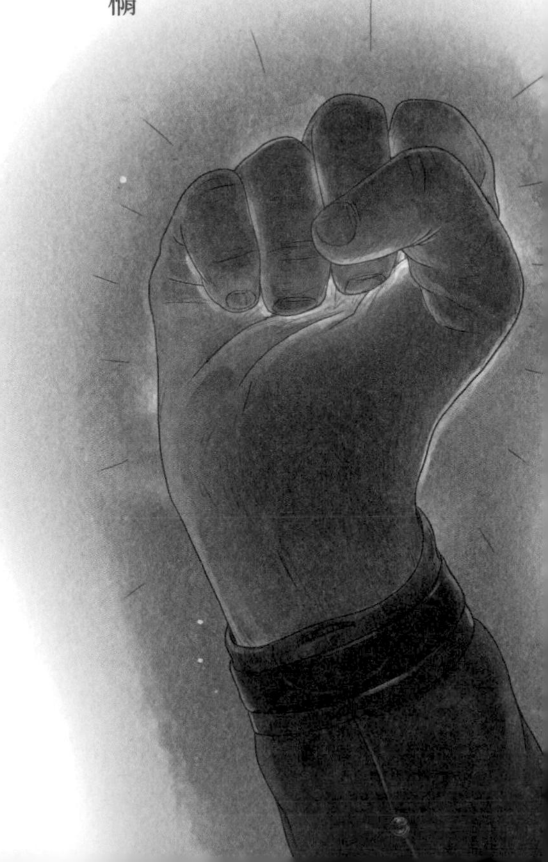

在一塊兒，手上拉著行李箱，莎樂也是。那是他入學的第一天！整個場景感覺好熟悉，但又有些許不同。他是隔著一段距離看著這一切。克魯茲看到自己拉著行李箱穿過大廳，排隊等候辦理登記。這種感覺很奇怪，更不用說還有點詭異，接著克魯茲才想起來，這些都是泰琳的記憶，不是他的記憶。這是回到九月的那一天，她在櫃檯後方看到他的樣子。

「你在哪裡？」泰琳在他耳邊低語。

「我回到了華盛頓特區的校區。」眼前的一切景象都和他的記憶相同，只不過換了一個視角。「那是我第一天入學。我正在排隊等註冊……噢，我看到杜根……對，他正在吹噓自己會拿下北極星獎……現在輪到我辦理登記了。我在摸哈伯，然後現在我在跟你說話。我看起來很驚恐！」

他聽到旁邊傳來笑聲。

「睜開眼睛。」

克魯茲眼睛眨了幾下。其他探險者呆呆望著他，全都在等他說話。「這跟作夢不一樣。」他勉強想辦法解釋剛才的經驗，「感覺很真實，好像我又重新經歷了一次當時的場景。」

「這就是這項發明的目的。」泰琳說。她轉頭看向庫斯托隊的其他人。「有沒有問題？」

「這個是不是只能用一次？」布蘭迪絲問。

「時光膠囊的使用次數不限，但是每一次只能儲存一段記憶。另外，別人雖然可以觀看你的記憶，但是只有你可以更改儲存的內容。至於保存時間應該……你活多久就有多久。」

「謝謝你，泰琳。」克魯茲用拳頭抵著心窩。「這是我拿到過最棒的獎品。」其他隊友也點頭表示認同。

「不用客氣。」泰琳在胸前合掌鞠躬。「現在我正式宣布，遊戲日結束了。請大家用最快的速度解散，我想安安靜靜把毛線打完。何況我相信你們都還有功課要做。」

克魯茲一邊等待艙房裡的人群散去，一邊蹲下來摸摸哈伯。他好想趕快打給蘭妮，給她看他拿到的時光膠囊。她就跟亞米一樣，一講到科技就嘮嘮叨叨說個沒完。她一定會愛死這個東西！但轉念一想，或許他不應該跟她說。上次把學習駕駛雷利號的消息告訴她，她已經看過她的反應了，現在等於又多了一項他擁有但她卻沒有的東西。可是，假如不跟她說，她知道以後一定會很難過，何況這麼好的事，他能當成祕密守著不說嗎，不行吧？

他跟這個最好的朋友之間，相處起來愈來愈……像個考驗。除了他爸爸和瑪莉索姑姑，蘭妮是他生命裡最重要的人，但她遠在天邊的夏威夷，而他卻在這裡，在獵戶座號上。他們之間的距離愈來愈遠，而且相隔不只幾公里而已。克魯茲出發前往探險家學院的時候，已經知道他的人生必然有所改變，但當時他並不明白改變會有多大，又會有多快。一定有辦法讓他最好的朋友參與他的人生，不讓她覺得被排除在外，只是他一點也不知道該怎麼做。

亞米用拳頭輕捶克魯茲的肩膀。「圖書館？」

「嗯。」

他們得回去看看能不能判定媽媽日記裡的圖像究竟是不是一個地理位置。克魯茲再搔了一下哈伯的頭，起身離開泰琳的船房。現在不必擔心先後名次了，他們兩個可以悠悠哉哉地爬上三層甲板。還好走進船上的圖書館時，那裡幾乎都沒人了，除了荷蘭博士以外只有一個人：克里多斯主廚，他止在角落看書。但克魯茲瞄了第二眼才發現，他在書本後面的眼睛是閉著的。

他們走向剛才玩尋寶遊戲時用過的同一張地圖桌，克魯茲在亞米耳邊小聲地說：「他不是應該在準備晚餐嗎？」

「一定是休假了。如果不是的話，我們就得自己做三明治了。」

來到地圖桌旁，克魯茲點擊平板電腦螢幕，叫出他畫的圖檔。亞米滑動桌上的地圖，移到挪威的最南端。

「我從挪威的東側開始比對，你從西側。我們一起往北對照上去。」克魯茲把平板電腦放在他們中間，兩個人隨即展開搜尋。

一個鐘頭過去，他們還在找。

「挪威一定有一百萬個小島吧。」克魯茲揉揉眼睛，看了這麼久的螢幕看得他兩眼發昏。

亞米也摘下眼鏡揉眼睛。「還有無止盡的海岸線。」

「全世界第二長的。」一個新的聲音加進來。

克魯茲嚇了一大跳。「呃……嗨，布蘭迪絲。」

「全世界只有加拿大的海岸線比挪威長了幾公里。」布蘭迪絲說，「你們在幹嘛？是我忘了有地理作業嗎？」

「不是。」克魯茲的手指在桌上悄悄越過地圖，摸索他的平板電腦。他的圖檔還開著，布蘭迪絲只要身體稍微往前傾，低頭就會看到。「呃……我們聽說船可能會開往挪威，所以想先來了解一下……」

她啊的一聲發出讚嘆。「挪威很美。奧斯陸有一座很大的維京船博物館。」

克魯茲若無其事地用手蓋住平板電腦的螢幕。「這我就不知道了。」

「我想我們很快就會知道了。祝福。」她轉過身。

「祝福」是冰島人說再見的方式。

呼！好險。克魯茲用手背抹了抹額頭，向亞米打暗號表示有驚無險。他室友在眼鏡後方挑了幾下眉毛，他的鏡框現在是深紫色橢圓形的。

「我無意打擾你們，只是——」布蘭迪絲又轉回來，「你們如果想找斯匹茲卑爾根島的話，不是在那裡喔。」

克魯茲的手掌啪一聲蓋回平板電腦。「嗯？你說什麼？」

「斯匹茲卑爾根島。」她一邊的嘴角斜斜揚起，「你們遮遮掩掩的就是那個地方，不是嗎？」

「遮遮掩掩？我們嗎？」亞米想用一聲假笑帶過，但是不管用。

既然被逮到了，克魯茲只好移開手掌。他還在思考要怎麼解釋又不用告訴她真相，她突然自己說：「哦，我懂了。」

「你懂了？」

「那是另一張謎題地圖，對不對？」

「呃……對。」克魯茲結結巴巴地說。「泰琳給我們的。你剛才說這是什麼地方？」

「斯匹茲卑爾根島。」她快步繞到桌子這一邊來。亞米連忙挨向克魯茲，讓出空間給她。布蘭迪絲把地圖一股腦滑到挪威的最北端，來到北冰洋的一片群島，然後把地圖放大。

「這是斯瓦巴群島裡面的最大島，看到了嗎？」

布蘭迪絲站回去的那一瞬間，克魯茲的心跳差點停止。他早已對媽媽日記裡的那幅圖像瞭若指掌，對上面的每個稜角、弧度和裂縫都清清楚楚。他的心中毫無疑問，這座島正是他們在找的！

布蘭迪絲俯身到克魯茲的平板電腦上：「因為看到這兩個海灣，范邁恩峽灣和范克蘭峽灣，所以我馬上就認出來。兩個峽灣的形狀合在一起看，總是讓我想到鱷魚的嘴巴。」

「所以你去過？」克魯茲很好奇。

「對，兩年前吧，我和家人在夏天去的。我們坐飛機到隆雅市。」她指著地圖。「我們報名導覽團，搭船環島一圈，看到成群結隊的虎鯨。真的很棒。我哥哥想進種子庫參觀，但是除非你有存放種子在裡面，否則不能進去。那裡就像真正的銀行……應該說它其實就是銀行，只不過裡面存的不是錢，而是滿滿的種子。」

「對了。」亞米睜大了眼睛。「斯瓦巴全球種子庫。」

「也有人戲稱為末日種子庫。」布蘭迪絲說，「挪威興建種子庫的目的是萬一發生災難，摧毀了人類的食物來源，我們還可以供應儲備的種子。很多國家從世界各地把本土的種子樣本送來這裡保存。當然了，全世界並不是只有這一座種子庫，還有很多在其他地方，不過我覺得這一座很酷。」

「種子。」亞米屏住氣，「克魯茲，你聽到了嗎？」

「我記得在電視上看過種子庫的相關新聞。」克魯茲說，「中東地區不是有幾個國家提領過種子嗎？」

布蘭迪絲點點頭。「沒錯。我記得第一個是敘利亞。那裡有一個研究中心在旱災和內戰期間儲存穀物種子。」

「種子啊，克魯茲，種子。」亞米不停用氣音提醒他。

克魯茲困惑地看了他朋友一眼。亞米幹嘛一直說種子？

「種子庫蓋在一處山壁裡，以前是採煤的舊礦坑。」布蘭迪絲說。「挪威有一位藝術家為入口創作了裝置藝術，有燈光和能反射光線的三角柱體。到了晚上，種子庫會閃閃發光，我覺得看起來好像把一千顆星星抓下來，放進青綠色玻璃做的盒子裡。從好幾公里外就能看到……」

亞米戳了戳克魯茲的腰。「種子。」

「我知道！」他開始覺得煩了。

「你還沒想到嗎？」

「什麼啦？」

「種子就是最小的斑點呀。」

克魯茲猛轉過頭，脖子發出啪的一聲。亞米說的是他媽媽日記裡的線索：「尋找最小的斑點，它孕育了地球最大的希望。」種子！這就是答案。媽媽是在告訴他，他必須去斯瓦巴全球種子庫。第二塊密碼石就藏在那裡！

「……不過，既然這張地圖是泰琳給的，一定不會有錯。」布蘭迪絲還在繼續說。「我們一定是要去斯瓦巴群島。」

克魯茲用心照不宣的眼神看了亞米一眼，然後朝布蘭迪絲點點頭。他心跳飛快。「一定是。」

「有的人說那裡天氣太冷，地形太崎嶇，總之就是太原始了，不過就是因為這樣我才喜歡。」布蘭迪絲說，「那裡有山、有冰川、有凍原——還有各種野生動物：虎鯨、北極狐、北極熊。天然、純淨又美麗。」她露出微笑，那雙淺到不能再淺的淺藍色眼睛對上克魯茲的雙眼。「我想你也會喜歡。」

他現在就覺得喜歡了。

8

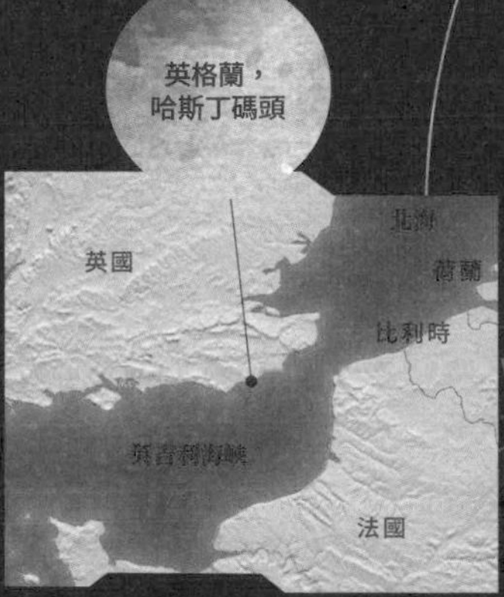

陽光映照水面反射出刺眼亮光，照得索恩・普雷史考特的頭痛了起來。他一個人在哈斯丁碼頭，周圍只有幾隻吵鬧的海鷗在頭頂盤旋。碼頭邊的木棧道有足球場那麼大，他走在上面，一面重新調整手機的耳機。「斑馬，你說沒有日記是什麼意思？」

「我們到處都找過了，東西不在這裡。」

普雷史考特轉身背向英吉利海峽寶藍色的海水。「美洲豹那邊呢？」

他有預感，他們會從組織最年輕的間諜那裡獲得最可靠的情報。

「正在努力，但到目前還沒有收穫。」

普雷史考特把手插進頭髮裡往後攏。日記不在姑姑家，也不在探險家學院。涅布拉的臥底人員已經把學校搜了一遍。

「很可能根本就沒有什麼日記。」斑馬說。

普雷史考特也開始有了相同的懷疑。

「狐獴騙我們，」斑馬說，「或是他自己偷走了。」

普雷史考特抬頭望向棧道起點那一棟純白的飯店，藍白條紋的遮雨篷在海風中翻騰。「只有一個辦法可以確定。」

「我可以叫貓鼬收拾那孩子。日記如果是小鬼頭藏起來的，那也永遠不會有人找到。」

「不行！」希西嘉‧布魯姆說過不要節外生枝，現在已經額外生出太多枝節了。一對年輕情侶朝他走來。普雷史考特走到欄杆旁，高舉手機假裝他是觀光客在拍照，等那一對情侶走出聽得見的範圍。「斑馬，就這一次，給我徹底確認到底有沒有日記。」他對著手機低吼，火氣開始升高。「如果有，那就毀了它。一旦東西處理掉了，你才可以把剩下的事情收尾。」普雷史考特掛斷電話，他的頭陣陣抽痛。對方只是一個十二歲的小鬼，用點計謀根本不應該這麼困難。他快步走回岸邊，一邊點按手機螢幕。

「喂，眼鏡蛇。」電話那頭是個女人沙啞的聲音，帶著柔順的英國腔，搔得他耳朵發癢。

「天鵝，我兩分鐘後要進入征服者飯店的五二七號房。」

「沒問題。」女人說，她的聲音實在像極了布魯姆的助理歐娜。

普雷史考特把手機小心地放進外套口袋，橫越飯店正前方的馬路，小跑步走上臺階，在門口踏墊上把他那雙完美無損的牛仔靴的鞋底刮乾淨。為了避開監視攝影機，他在這棟濱海度假飯店的走廊迂迴穿梭，走上樓梯來到五樓，在標示「五二七」的觸控面板上按下大拇指，等待綠燈亮起。普雷史考特把門輕推到半開，一手握著放在胸前口袋的武器。他先是放慢腳步，一隻眼睛貼著槍管瞄準前方，然後衝進房間。「魯克，不要動！給你五秒鐘——」

幸好，鋪好的床上沒有人。潔白的被單拉得平平整整，上面擺著四個蓬鬆的枕頭。最上面還放著一盤薄荷糖，表示昨晚並沒有人睡在這裡。普雷史考特踮著腳尖走到浴室門外，一腳把門踹開。同樣沒人。魯克假如真的來過這裡，大概幾個小時前也離開了。普雷史考特在細窄的床緣坐下，低垂著頭，食指上下搓著額頭正中央隆起處，想把一直沒有停過的頭痛搓掉。他往後隨時有機會收拾魯克。畢竟普雷史考特從來就不相信那個圖書館長拿了日記。他抓著握柄，把槍安全地收回口袋。以他對克魯茲的了解，現在他真正想得到可以調查的地方只剩下一個。普雷史考特掏出手機。

「喂，眼鏡蛇。」

「天鵝，我需要一張往考艾島的機票。」

「倫敦往考艾島的頭等艙機票會在蓋威克機場等你。起飛時間是今天下午兩點三十分。」真有趣。她簡直像是事先已經知道他會有什麼需求。「祝你一路順風。」天鵝掛斷電話。

離開征服者飯店五二七號房之前，普雷史考特打了最後一通電話。

「又有什麼事？」話筒另一頭的聲音流露不滿。普雷史考特聽到背景傳來一連串嗶聲，好像有人駕駛起重機正在倒車。「我現在不方便說話。」

「剛才我說過關於日記的事，全當我沒說過。」

「你的意思是……？」

「除掉那個小鬼。」

9

「你成功了！」蘭妮高興地大叫。「你解開謎語了！」

「是我們解開了謎語。」克魯茲糾正她，同時把平板電腦舉高，好讓內建攝影機把他室友也一起照進去。「雖然是我把目標範圍鎖定在地圖，不過是布蘭迪絲提供我們斯瓦巴的情報，後來也是亞米從種子庫聯想到媽媽的線索。」

亞米從他的桌上型電腦裡正在跑的盧氏錦數據中抬起頭，朝平板揮揮手：「庫斯托隊就是厲害！」

「且慢！」蘭妮皺眉。「你是說，布蘭迪絲知道……？」

「她不知道密碼的事。」克魯茲向她保證。「她幫我們找到那座島的位置，就只有這樣。她不曉得我們為什麼要去那裡。我沒辦法聊太久，但這件事一定得告訴你。」

「謝謝你告訴我。怎麼了嗎？你們要下船探險了？」

「我也希望。是有一整船的功課要做。」

「哈！我懂你意思。因為是獵戶座號，當然是一整船囉？」

克魯茲噗哧一聲笑出來。他原本沒打算說雙關語，只是實話實說。現在是星期天晚上，他有一大堆功課要應付：保育學有替代能源主題的作業（星期三交），新聞學要寫一位當代探險家的小傳（星期二交），瑪莉索姑姑的課還有考古定年法歷史的小考（明天就要考！）。

「你有跟你爸說嗎？」蘭妮問。

「打給你之前才剛打給他。」

「真抱歉，我都沒什麼貢獻。」蘭妮說，「早知道我應該——」

「開什麼玩笑？你的貢獻可大了！要不是你想到北大西洋鱈魚的產地，莎樂和亞米到現在一定還為了格陵蘭爭辯不休。」

她的嘴角上揚浮現笑意。「也是啦，大概吧。我下次會做得更好。如果還有下一次的話。」

「什麼叫如果還有下一次？這個解出來以後，我還有六塊石片要找。當然還會有下一次。」他仔細觀察她的表情。「除非……」

「除非什麼？」

「除非你是想說，你不想再幫我找剩下的密碼石了。」

「我怎麼可能這樣說。」

「我不知道啊。是你自己說如果還有下一次——」

她不滿地吼了一聲。「我的意思是，因為你好像不需要我。你有你姑姑和亞米，還有你的隊友——」

「他們很棒，大家都很棒，但他們不是你呀。」克魯茲急到都破音了，「我從來就沒說過不需要你，蘭妮。」

「我也從來沒說過我不想幫忙。」

「那就好。」

「那就好。」

他們剛才是吵架了嗎?假如是的話,他贏了還是輸了?

蘭妮低下頭,雙眼被垂下的頭髮擋住。「所以……呃……你們現在開始往斯瓦巴去了嗎?」她的音調放柔,帶著幾分歉意。

「對,不過瑪莉索姑姑會先帶我們到紐芬蘭島的一處維京聚落遺址進行考古任務。」

克魯茲瞄了一眼時鐘,他馬上就得掛電話了,而且他也不想把整通電話的時間都用來講他自己的事。「你週末過得怎麼樣?」

「老樣子。昨天幾乎一整天都在收桌子。」蘭妮家裡經營紫蘭花餐廳,是考艾島上最高檔時髦的餐廳。蘭妮坐在床邊上下彈跳。「不過今天下午我會去騎馬。」她最愛馬了。她舅舅在小島南端經營一座小牧場,開設騎馬課程,也會帶觀光客去走當地的登山步道。蘭妮只要有空就會往牧場跑,通常都跟她哥哥提可一起去。

「去你舅舅在科洛阿的牧場嗎?跟提可一起?」

「不是……呃……是在基勞厄亞角……跟我一個

朋友。你記不記得去年，我們在茂納開亞火山參加棲地復育計畫，種了上百株銀箭草？我就是那個時候認識他的。」

「他？」他就是忍不住想逗她。

她翻了個白眼。「黑屈只是朋友。你放心，你還是我最好的朋友。」

克魯茲並不擔心。他們當朋友這麼久以來，彼此偶爾都遇過心儀的對象，但從來沒人害他們當不成朋友。他相信這一次也沒有不同。克魯茲莞爾一笑。「你也是，豪阿羅哈。」

「她是你最好的朋友？我真是傷心透頂。」亞米誇張地大喊，並故意一拳揮向胸口，假裝搖搖晃晃地向前倒，好像克魯茲往他的心臟捅了一刀。

「好可憐，亞米沒有朋友。」蘭妮笑著說。

電腦裡隱約傳來一陣嘈雜的聲音，是蘭妮的媽媽在叫她。「來了！」她回頭大喊，然後對克魯茲說：「我得走了。」她跳起來，碰倒了放在床上的筆電。她房間的畫面歪向一邊。過了一秒，她的臉重新出現在螢幕上，一樣歪歪的。「阿羅哈，再見啦，亞米和克魯茲。」

「玩得開心。」克魯茲揮揮手。他很慶幸對話在歡樂的氣氛中結束。克魯茲急急走向床頭板，把枕頭重新拍鬆，打算舒服地坐下來，開始晚上的讀書時間。他的當務之急是讀完課本的一章，為瑪莉索姑姑的小考做準備。

地層學，在考古學領域指的是在指定的遺址範圍內，研究岩石、土壤、分解的動植物殘骸，及其他物質在地底分層分布的一門學問。這種地底分層，又稱地層，是經年累月堆積而成。愈底部的地層，埋藏的文物愈古老，最上層則能發現最年輕的文物。切成剖面來看，地層長得就像好多層疊起來的蛋糕。地層學能提供考古學家珍貴線索，推定文物或遺址的相對年代……

克魯茲把頭往後一仰，唇縫間細細吐出一股氣。黑屈到底是什麼怪名字啊？

瑪莉索姑姑晚了四分鐘才進教室。她上課從來不遲到的。

在海牛教室裡，克魯茲坐在亞米旁邊的老位置（第二排最後一張椅子），舉高雙手，背往後拉，伸了個大懶腰。現在是星期一上午。第一節上保育學課的時候他差點睡著。蓋比埃教授發現克魯茲在他講解地熱能源時打瞌睡，看起來不太高興。克魯茲覺得很不好意思，但他實在撐不住。他昨晚熬夜念書，結果整夜都沒闔眼。這都要怪蘭妮。他盯著時鐘走到午夜十二點半，心裡一直在想蘭妮騎馬回來了沒有，差點就要打給她了。那時夏威夷才下午六點半。她應該正在吃晚餐，所以就算打過去也無所謂。但他最後沒有打。因為她一定會直接看穿他的心思，知道他想確認她的行蹤。說是調查她的行蹤可能更接近。克魯茲知道，蘭妮沒有用新朋友取代他的意思，就像他來到探險家學院的時候也無意拋下她。但有些時候，不管你想不想或願不願意，事情還是會發生。如果蘭妮對這個黑屆有好感怎麼辦？再說，假如不只是好感而已呢？

亞米拍拍他的手臂。「船加速了。」

克魯茲望向窗外。真的，他們的移動速度似乎變快了。

「早安，各位探險者！」瑪莉索姑姑一陣風似地衝進教室。不只是她，跟在後面的還有他們的保育學老師蓋比埃教授、生物學的石川教授，以及他們的體能與求生訓練教練勒格宏先生。這是怎麼一回事？他們要一起上課嗎？

全班立刻安靜下來。

「很抱歉，我——我們——遲到了。」瑪莉索姑姑說，「我知道我答應過大家會在紐芬蘭島上岸，協助測繪維京聚落遺址的地圖。遺憾的是，這件事暫時要延後了，現在沒辦法進行。」

所有人都發出哀號。他們期待的第一場大探險就這樣子沒了。

瑪莉索姑姑舉起手制止大家。「你們一定很失望，我明白。但接下來的旅途中，大家還有很多機會參與考古探險。我向你們保證。但現在，學會需要我們支援。」

他們的支援？克魯茲向前坐直，整個人都清醒過來。

石川教授清了清喉嚨。「今早，我接到一位朋友的求助電話，他是加拿大的保育生物學家，在新斯科細亞省南部做研究的時候，發現有幾隻他們追蹤了一陣子的北大西洋露脊鯨，被漁具纏住了。」

大家倒抽了一口氣。

「朋友寄了一小段無人機空拍的影片給我。」教授把手機接上連結投影機的電腦。「稍等我一下。」

「釣線或漁網勾住大型海洋動物的情形不算少見。」等待的同時，蓋比埃博士向大家說明。「很遺憾的是，混獲已經對全球各地造成嚴重危害。每年有超過三十萬頭鯨魚、海豚和鼠海豚因此死亡——等於每兩分鐘就有一隻死亡。」

「這是在芬迪灣拍攝的影片。」石川博士說，「芬迪灣是多種鯨魚攝食及繁殖的主要地點，其中包括北大西洋露脊鯨——地球上瀕危程度最高的鯨魚。我們估計，北大西洋露脊鯨的數量全世界已經剩不到三百五十隻。」

阿里舉手。「為什麼露脊鯨的英文叫 right whales，對的鯨魚？」

「因為在十三到十七世紀的捕鯨業全盛時期，露脊鯨被視為『對』的獵捕種類。」蓋比埃博士解釋，「牠們是一種鬚鯨，會張開嘴巴，頭稍微浮出水面，從浮游生物之間游過去，把它們吃進嘴裡。因為游得慢，又靠近岸邊，成了捕鯨人容易下手的目標。再加上露脊鯨的鯨脂含量高，可以做成珍貴的燈油，具有經濟價值。因為鯨脂多，露脊鯨被獵殺之後依然能浮在水面上，方便獵人拖回岸邊。」

「捕鯨在美國和加拿大現在雖然都是違法的，但近年來，露脊鯨開始面臨船隻撞擊和漁具纏困的威脅。」石川博士說。「好，影片應該上傳好了。」

瑪莉索姑姑調暗燈光。偌大的螢幕上出現海灣的空拍影像。無人機飛在海面上方約九公尺，聚焦拍攝一群烏黑的鯨魚在起伏的波浪中前進，激起雪白的浪花。畫面中起碼有十二隻大大小小的露脊鯨，說不定更多。這些鯨魚雖然體型龐大，但整群在水中從容自在、姿態優雅地行動，彼此幾乎只間隔幾十公分。不時會有一隻鯨魚浮上水面，向上噴出V字形的大片水霧。浮出海面時，陽光照射在牠們深藍灰色光滑的背脊上，閃閃發光。克魯茲注意到這些鯨魚頭部有凹凹凸凸的疙瘩，而且沒有背鰭。

「鯨魚寶寶！」莎樂大叫一聲。

看到鯨魚寶寶輕輕擺動尾鰭，開心地用頭

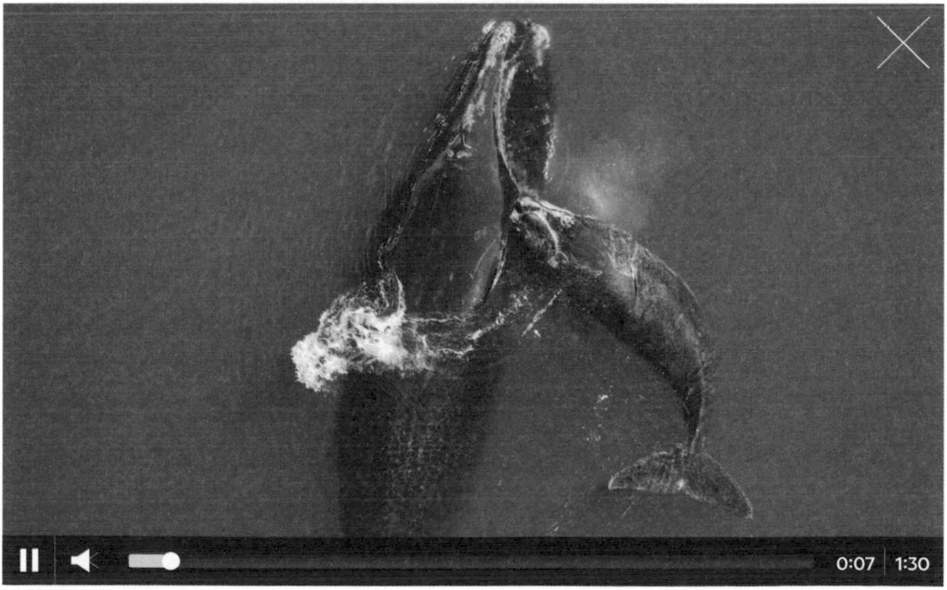

頂著大概是牠媽媽的成年鯨魚，大家都發出讚嘆。這時無人機向左轉，探險者們憐愛的「噢——」忽然變成驚恐的「喔喔——」。一張寬闊的深綠色漁網纏住鯨魚媽媽的左半邊身體，胸鰭卡在身體側邊動彈不得。游進畫面中的另一隻鯨魚，尾鰭也有漁網纏繞。網子還連著一個紅色浮標，拖在鯨魚的身後。影片到這裡戛然而止。「他能寄來的就只有這些。」石川博士說。「但已經足以告訴我們，這一群鯨魚有麻煩了。」

詹恩舉手。「被網子纏住的鯨魚，看起來還跟得上其他鯨魚。會不會受的傷其實不太嚴重？」

「我們也希望是這樣。」石川博士嘆了口氣。「但是別被表象蒙蔽了。鯨魚是力量充沛的大型動物，就算被漁網纏住，也許還是能繼續游泳。但要是沒能及時掙脫，有可能導致重傷，甚至死亡。繩索有可能嵌入皮膚引起感染。牠們可能骨頭會變形，尾鰭被切掉一部分，或是呼吸、游泳和進食受阻。」

「而且，漁網還常常連著其他漁具，例如圈套、魚鉤、船錨或浮標，就像你們剛才在影片裡看到的。」瑪莉索姑姑補充說。她打開教室的電燈。

「鯨魚勾到漁網，也許還能活一陣子，」蓋比埃教授說，「但那是一種漫長而痛苦的死法。」

克魯茲再也忍不住了。「我們要去救牠們，對不對？」

「是的。」石川博士雙手交握。「現在，艾斯坎達船長正駕駛獵戶座號全速前進，帶我們前往影片拍攝的具體地點。」

克魯茲和亞米交換眼神。亞米說得沒錯，船真的在加速。

「四十八小時內應該就能抵達那處海灣。」石川博士說，「現在時間很寶貴，因為鯨群很快就要展開秋季遷徙。勒格宏先生？」

體格健壯的法國求生教練向前一步，雙手叉腰。「救援任務將會由我主導。我需要幾名探險者自願跟我一起潛到海裡清除漁具。我必須先說清楚，這一趟任務不會太輕鬆……」

克魯茲伸出左拳，亞米也伸出拳頭對碰。他們參加定了。

「不管任何時候和野生動物打交道，尤其是體重七十多公噸，身上可能受傷的動物，絕對是一件危險的事……」勒格宏先生繼續說。

布蘭迪絲和杜根從椅子上轉身。坐在亞米另一邊的莎樂也向前靠。三個人對著克魯茲熱烈地點頭。這就夠了，這就是他需要的鼓勵。他用力把手舉向空中。「庫斯托隊自願參加。我們跟你一起下水，勒格宏先生。」

「非常好！很勇敢。我就想看到這樣的學生。」

石川教授轉向班上的其他人。「其餘各位，我們也會分派工作。」

「該做什麼儘管告訴我們。」詹恩說。

短短幾分鐘，事情就安排好了。麥哲倫隊負責潛水支援。他們會在水上運動組長崔普・史卡拉多斯的指導下，協助救援小組的潛水員從獵戶座號上安全下水，並監控水下作業。

伽利略隊擔任空中偵察員，利用高倍率的電腦化望遠鏡、無人機和無線電追蹤器，協助確定鯨魚的所在位置。最後，石川博士和艾爾哈特隊會偕同一位獸醫師，搭乘小船在一旁待命，隨時為受傷的鯨魚提供醫療援助，同時協助庫斯托隊清除及回收漁具。

「各小隊請在下午四點到各成年隊長的辦公室集合。」瑪莉索姑姑吩咐，「關於你們負責的任務環節，到時候會再拿到更詳盡的說明與指令。」

克魯茲滿心期待率領庫斯托小隊去找勒格宏先生，接下來幾乎沒辦法專心聽課。不過瑪莉索姑姑的考古學小考，他還是順利考到將近滿分，只答錯一題關於地層學的題目。

當天下午，杜根、布蘭迪絲、莎樂、亞米和克魯茲，來到勒格宏先生的辦公室會合，跟海牛教室在同一條走廊。他們的體能教練詳細說明之後要面對的這種生物，同時又重播了一遍石川博士的短片。

「露脊鯨游得很慢，潛水也不深。」勒格宏先生告訴他們，「不過你們會看到，露脊鯨是體型很大的動物，最長有十五公尺，而且習慣六到十五隻一群，排成緊密的隊形游動，所以我們要移動到適當的位置可能特別困難。露脊鯨是社會性動物，但還是有必要慢慢來，免得嚇到牠們。我們必須保持耐心，博取鯨魚的信任，否則鯨魚不會讓我們幫忙。」看到眼前的探險者紛紛點頭，勒格宏先生繼續說：「我會給每個人分派一個入水之後的位置，你們每一次就在各自的定點上進行評估。接近鯨魚之後，小心地移動到你的位置，檢查動物身上有沒有纏住的網繩、傷口或其他狀況，再透過頭盔裡的影像及語音通訊系統向我回報。布蘭迪絲，請你在鯨魚右上方，胸鰭上方的位置。莎樂，你到另一側靠近左胸鰭的地方。亞米，你到右後方，杜根在左後方。等你們全數就位，向我回報看到的情況，我了解了以後，會指示你們清除漁具。你們一定要仔細聽清楚，並且一字不差地遵守我的指示。誰都不可以未經我的允許擅自行動，明白了嗎？」

他們都明白了。

「現在，為了任務順利，還有一件事——」

「史卡拉多斯呼叫勒格宏先生。」崔普的澳洲腔從體能教練的通訊別針裡劈啪響起。

「我是勒格宏。」

「我準備好了，就等你們。隨時可以帶人下來。」

「我們馬上到。勒格宏通話完畢。」教練停下影片。「崔普在水上運動室等我們。我們要過去檢查潛水裝備。另外，我也希望你們進去雷利號看看，熟悉一下之後離開潛點回到岸上的方式。」

克魯茲咬著嘴唇，看向窗外。勒格宏先生忘記指派工作給他了。也可能他不是忘記，說不定沒有任何工作適合他做。

「等一下！」大家正要起身時，莎樂大喊。「勒格宏先生，那克魯茲呢？」

「對啊，」亞米說，「你忘了克魯茲。」

教練發出爽朗的笑聲。「並沒有。」

克魯茲鬆了口氣。所以勒格宏先生畢竟還是有工作要給他做。他不介意是多不重要的差事，他只希望盡力幫忙。

「我原本正要說，只是崔普突然打來，這次的救援任務能不能成功，關鍵就在有沒有一位優秀的鯨豚大使。」勒格宏先生說。「這個就是你的任務，克魯茲。」

克魯茲一頭霧水。「你說我要做什麼？」

「你要擔任我們的鯨豚大使。」

他就知道教練會這麼說。什麼鯨豚大使，到底是什麼意——

「換句話說——」勒格宏先生一隻手堅定地抓住克魯茲的肩膀，「要由你來跟鯨魚對話。」

10

克魯茲和亞米踏進標示「科技實驗室」的艙門時，

燈光昏暗，舷窗的簾子也全都拉上。等待眼睛適應黑暗的幾秒鐘，對克魯茲來說非常難熬。他等不及想好好看一看這個打從一星期前船隻離港以後，亞米就成天讚不絕口的地方。

「有人在嗎？」亞米出聲叫喚。「芳瓊？希橘兒？」

漸漸適應昏暗的室內之後，一大片隔間浮現在克魯茲眼前。實驗室是教室的兩倍大，隔間向前延伸填滿整個空間。正前方的第一個隔間裡，有個巨大的玻璃球豎立在底座上。數十根彎曲的軟管從透明球體的中心向外散開成扇形，樣子讓克魯茲聯想到北太平洋巨型章魚。酒紅色的液體在章魚的胃袋裡冒泡，蜷曲的觸手不知道從哪裡把液體輸送過來，又不知道流向哪裡。相鄰的另一個隔間裡，克魯茲在桌上看到一條機器手臂，掌心朝上，四根手指頭慢慢依序抬起來觸碰大拇指：食指，中指，無名指，小指。然後又重來一遍。電線從一個樸素的黑盒子連向手臂上的電路系統。

「她一定是在她辦公室。」亞米揮手叫克魯茲跟上。

他們左彎右拐，穿過隔間組成的迷宮，經過咕嘟作響的燒杯、高速旋轉的試管、水平轉動的平臺，還有無數看不出用途的物品，例如一個既像手風琴，又像義大利麵篩網的奇妙裝置，一邊伸張收縮，一邊過濾看起來像燉牛肉湯的東西。克魯茲在看起來唯一比較正常的一站大膽停下來。顯微鏡旁邊擺著一個托盤，盤裡有一打左右的培養皿。每個培養皿裡都有蜜桃色的凝膠，膠面上放著四分之一片葡萄柚。「好奇怪。」克魯茲彎下腰對著托盤喃喃自語。「我猜你們一定不是甜點。」就在他觀察的同時，凝膠漸漸變成深橘色調，直到顏色變得像暖爐加熱以後火紅的盤管。「看起來不太妙。」克魯茲才剛嘀咕完，下一秒，第一盤樣本就在他面前炸開來。

「小心，小心！」芳瓊衝向他們，髮間紮著一條豹紋絲巾，細長的金屬圓柱在耳垂底下擺盪，宛如暴風中的風鈴。這位年輕科學家穿著牛仔褲和拐杖糖配色的條紋長袖T恤，外面套了一件黑圍裙，白色滾邊是笑臉貓咪的圖案。「你們在這裡做什麼？」

「抱……抱歉。」克魯茲結巴地說。「我不是故意——」

她一手按著印花頭巾。「你跟它說話了？」

克魯茲還在設法清掉鼻孔裡的黏液。「呃……沒有……應該沒有吧。」

「你一定說了什麼。」
「這個嘛，我可能……」
「待在這裡，別亂跑。」她抓起托盤快步跑回隔間迷宮，破舊的球鞋啪嘰啪嘰踩著地板磁磚。
克魯茲對亞米露出驚恐的表情。「我不曉得會這樣。」
「你怎麼可能曉得呢？」亞米在另一個隔間附近探頭探腦。
「小心一點。」克魯茲用衣袖抹抹嘴巴。「誰知道又有什麼東西躲在——」
「啊啊啊！」亞米放聲尖叫，開始劇烈顫抖。
「啊啊啊！」克魯茲看到他朋友翻白眼，嚇得跟著大叫。克魯茲一把抓住亞米的手腕，想把他拖離不明物體的掌握，天知道是什麼詭異的實驗物死抓著他不放。「我抓住你了。」克魯茲大叫，「我不會放手。」
「太好了，因為……」亞米突然停止抖動，用力把手臂抽回來，露出抓住他的東西：是一捲衛生紙。「我騙到你了。」
「一點也不好笑。」克魯茲說。不過他不得不承認是有一點好笑。他撕下兩張捲筒衛生紙，把臉擦乾淨。「話說回來，這裡到底是怎樣的地方？」
「真高興你終於問了！」芳瓊高聲回答，她響亮的嗓音在她人到之前的幾秒鐘就傳了過來。「這個地方充滿創新、決心、變化、期待。這裡是給勇於作夢、懷抱新奇夢想的人盡情發揮的地方。」她拍拍亞米的背。「就像我們這位聰明的探險者。」

克魯茲用力點頭。他很崇拜亞米，不只因為亞米聰明，也因為亞米總是有辦法看出事物的潛力，即使是再簡單不過的東西，大多數人都視為理所當然的東西，像是一副眼鏡，或是一塊布料。

芳瓊拆開頭上豹紋頭巾的結，深焦糖棕色的狂野捲髮立刻從頭巾底下彈出來。髮尾看起來好像在粉紅檸檬水中浸泡過一陣子。「克魯茲，看來是我應該向你道歉。」

「你說什麼？」

「你的……互動……證實了我的懷疑，我的敏感萃取物可能有點太敏感了。」

「所以我沒有弄壞——」

「樣本都沒事。」她重新綁好頭巾。「我跟它們聊了一下，它們立刻就冷靜下來了。」

克魯茲超想問她要說什麼話才能安撫一盤氣噗噗的橘色黏液，但想想還是作罷。

「我一直想找機會跟你說——」芳瓊彎腰向前，好像要告訴他一個祕密，雖然在場看來也只有他們三個人。「我是你媽媽的頭號粉絲。」

「你說……我媽媽？」克魯茲很吃驚。

「當然，我不認識她本人，但我讀過她每一篇論文。對於像我這種熱愛科學的女生，她是我們的最佳榜樣。事實上也就是她的研究啟發了我現在正在研發的東西……」她尷尬地笑了笑。「我的事說得夠多了。我知道你們來的目的，等我一下。東西已經準備好了。」

她側身經過亞米旁邊，走到一個角落附近。

克魯茲不確定會看到什麼。他們的求生教練只跟他說，科技實驗室的主任發明了一件裝置，可以把人類語言轉換成鯨豚動物說的話，反過來也行。克魯茲只希望那東西不會要求他模仿動物。克魯茲會講的外語只有西班牙語，他很懷疑這跟那些巨大的海洋動物用來溝通的短促吱吱聲、長聲尖叫和嘎嘎低音有多少相通之處。

芳瓊回來了，手上拿著一頂閃亮的黑色潛水頭盔，跟一個同樣顏色、和巧克力棒差不多大的控制器。「隆重向你介紹：鯨通。」

克魯茲錯愕地歪了歪嘴角。「精通？」

「是鯨通，鯨豚通用溝通輔助器的簡稱。平常的功用就像我設計的標準循環呼吸式潛水頭盔，不過，當你靠近一頭鯨豚，距離大約六公尺以內時，船上的電腦就會自動啟動，辨認鯨豚的種類，再選出對應的字彙程式。選定以後，你會看到左眼上方亮起綠燈，就表示翻譯機已經就緒，可以進行下一步了。」

「然後我就直接在頭盔裡說話？」

「對，用你正常的聲音說話，只是

盡量用簡單的單字和短句。這樣翻譯機的運作速度比較快，也比較有效率。電腦從錄下你的語句，翻譯，到回播給動物聽，大約要花十秒。因為鯨豚動物聽力大都非常好，所以翻譯機發出的聲音很小聲，不會影響你正常的聽覺。同樣道理，鯨魚鳴叫的時候，鯨通也會錄下叫聲，盡力翻譯成你聽得懂的語句。這時你會看到亮起藍燈。經過翻譯在頭盔播放時，你聽到的會是我的聲音。」

說不定跟鯨魚說話並沒有他想像中那麼困難或複雜。

「還有一件事。」芳瓊補充，「別期待牠會說：『嗨，克魯茲，你好嗎？』溝通輔助器的原理不是這個樣子。你很可能會聽到一連串形容詞，傳達動物的感覺或想法。可能多少要猜測一下，推斷其中的含意。我的最佳建議就是聽從你的直覺。」

「好。」原來也不是那麼簡單不複雜。

「那個控制器有什麼功用？」亞米問。

「它可以在人類或鯨豚溝通模式之間切換。控制器會扣在你潛水裝的腰帶上。你隨時都能聽到隊友的聲音，克魯茲，但是在鯨豚模式下，你恐怕沒辦法跟他們說話。我還在改進這項功能。」

芳瓊把頭盔和控制器交給他。「控制器上的開關扳向左邊，就能啟動鯨通，扳向右邊，就能跟隊友通話。」

「差不多就是這樣了。我剛上傳完最後一批檔案，你現在能和八十多種鯨豚動物互動，包括從藍鯨到獨角鯨。」她咬著嘴唇。「至少我希望可以啦。畢竟這還只是測試用原型機。」

克魯茲蹙起眉頭。「不過你有實際試過，對吧？」

「對……也不對。我確實去過巴爾的摩的國家水族館，跟那裡的瓶鼻海豚有過一些有趣的對話。不過，你會是第一個在野外實際使用它的人，而且對象還是鯨魚。我原本打算啟用前再多做一些測試，但現在事態緊急——」

他們聽見一連串短促的嗶嗶聲，聲音從實驗室遠處盡頭傳來。

「我得走了……呃……記得小心保管。」芳瓊匆匆忙忙地說。「你可以的，克魯茲。露脊鯨很友善，至少我認識的幾隻海豚是這麼說的。」她咧嘴一笑。

他也盡力對她擠出笑容。

嗶。**嗶**。**嗶**。聲音愈響愈快。

「芳瓊！」

「馬上來，希橘兒。」科技主任一邊後退，一邊對亞米點了個頭。「對了，我看過你最近一次替盧氏錦寫的公式了，我有幾個想法，看你有空要不要過來討論一下。」

「那還用說！」

「我明天晚上有空。」她的身影消失在轉角。「七點鐘行嗎？」

「謝了，芳瓊。」亞米綻開笑容，「我會準時過來。」

鮮紅色的指甲又出現在一面隔間板上方。「噢，還有啊，克魯茲，你接下來幾天如果有任何感覺不對勁的症狀，你知道的，就是敏感凝膠的副作用，記得回來找我。我這裡有乳液，立刻就能把你治好。」

克魯茲用手摸了摸下巴，還黏答答的。「**治療什麼的乳液？**」他大喊，但是芳瓊・奎爾思已經消失在隔間叢林裡了。

克魯茲一個人靠著第三層甲板的欄杆，看著船頭劃開大西洋如玻璃般光滑的寶藍色海水。左手邊是緬因州險峭的海岸，岸邊連綿成線的長青樹，不時被一片片狹長的白沙灘給切斷。船偶爾駛經小島，克魯茲會仔細觀察島上有沒有白色圓柱，尋找嶙峋海岸矗立的燈塔。近午時分的十月陽光，加上略帶鹹味的清新海風，照拂在臉上感覺很舒服。早餐時，艾斯坎達船長對全船廣播，宣布中午左右應該就會抵達芬迪灣。當天所有課程取消。泰琳下令所有探險者提早吃完午餐回艙房休息，但是克魯茲吃不下也坐不住。他太緊張了。他跑來露天甲板練習要對鯨魚說的話。要短又簡單，芳瓊是這樣交代的。

你好。我的名字是克魯茲。鯨魚有名字嗎？

你好。我們是來幫忙的。聽起來好多了。

他比較擔心的是聽的部分。萬一他聽不懂鯨魚的意思呢？萬一他把訊息解讀錯誤？萬一翻譯機失靈了呢？這些萬一在凌晨兩點把他驚醒，從此在他的腦袋裡來回碰撞，再也沒停下來。萬一他說錯話了呢？萬一他嚇到鯨魚，隊友還來不及清除漁具，鯨魚就游走了，那該怎麼辦？萬一他劇烈驚嚇到鯨魚，牠們怕得從此不再信任人類，又該怎麼辦？

克魯茲的思緒轉個不停，冰冷的手指握住欄杆。這個決定錯了。這一切都錯了。當鯨豚大使的責任太大了，應該由芳瓊來擔當，或是崔普，或者由勒格宏先生自己來不是更好。對，沒錯，他是求生專家。從駕馭飛行傘飛越阿爾卑斯山，到潛入馬里亞納海溝的海床，他們的教練各種冒險都做過。克魯茲哪裡也沒去過，什麼都沒做過。他還沒準備好！目光離開獵戶座號滔滔前進的船頭，克魯茲把頭往後一仰，看著天空中的縷縷浮雲，對著風中大喊：「**我做不到！**」他心裡一半期待有人會大喊回應他。沒有半個人。

克魯茲閉上眼，把手伸進外套領子。隔著上衣，他的手指摸到密碼石，抵著石片表面，能感覺到心臟怦怦狂跳。有時候，他真的半點自信也沒有。克魯茲很想實現媽媽的遺願，找出所有密碼石，但萬一他做不到呢？萬一他不像媽媽那麼勇敢？萬一——

「克魯茲？」

他轉過身，海風猛然把頭髮吹向眼前，他得先把頭髮撥開，才看到是亞米叫他。

「外面冷死人了。」亞米摟著自己。「快點進來。我們收到第一批郵件了。蘭妮寄給你的愛心包裹也到了。」

泰琳先前說過，紙本郵件每星期一次會從學院空運過來。居然已經過一個星期了嗎？

克魯茲從欄杆上掰開手指，跟著亞米走回交誼廳。桌上除了蘭妮的包裹，還有兩個信封。一個來自他爸爸，另一個信封上面，他的姓名和地址都是電腦列印的，也沒寫回信地址。他坐下來，先伸手去拿蘭妮的包裹。把包裹拉近身邊的那一瞬間，一股好熟悉的感覺猛烈湧向他，也不知道怎麼回事，他彷彿被傳送回到了考艾島，非常神奇。他一撕開盒蓋的黏合處，立刻就知道是為什麼了。蘭妮在填充紙盒的回收碎紙間，灑上了粉紅緬梔花的花瓣。克魯茲深深吸氣。花香味聞起來像新鮮的杏桃和玫瑰。也像家。他把花瓣掃到一旁，拾起她寫的紙條。

嗨，克魯茲，

這裡有一些來自花園之島的問候，希望你想起家鄉。我能放的只有這些，因為臘腸香腸披薩塞不進紙盒裡。你遨遊藍藍大海的時候，可別忘了我。

愛你的，蘭妮

寫得真以為他能忘了她一樣。

紙條底下是一個金色蓋子的透明小玻璃罐。克魯茲拿起罐子，忍不住偷笑。基羅哈奶奶做的橘色百香果醬，跟芳瓊・奎爾思的敏感凝膠（生氣前的樣子）看起來有驚人的相似度。果醬旁邊有　小條麵包用保鮮膜裹著。克魯茲拿到鼻

子前聞了聞。是香蕉麵包！麵包旁邊有一個鑰匙圈，上面串著一個迷你藍色衝浪板。按下側邊，衝浪板就會發亮。酷！最後一樣東西是一袋夏威夷豆餅乾，這是他的最愛，袋口綁著白色和薰衣草色相間的緞帶。克魯茲知道餅乾是蘭妮親手做的，因為邊邊有點脆硬。蘭妮是一流的科學家、發明家，會彈鋼琴又會衝浪。不過，她的烘焙技術就沒那麼頂尖了。克魯茲把所有東西收回盒子。他要記得盡快打給蘭妮，謝謝她寄來這些好東西。

爸爸的信一如往常寫著家鄉的消息：天氣多雨，桑提諾堂哥辦了一場美麗的婚禮（可惜下雨），高飛腳店裡的新產品圓形海灘毛巾賣得嚇嚇叫。**生意很有起色**，他爸爸寫說，**也有好幾個學生報名我的衝浪課。重拾教學一定很有趣。期待聽到你的旅程有哪些進展（意思是快打電話給我！）我很想你。愛你的老爸**。克魯茲摺起爸爸的信，伸手去拿那個神祕的信封。他把信封翻到背面，手指伸進蓋口把信拆開，拿出裡面的淺藍色信紙。

親愛的克魯茲，

希望我來得不算太晚，但只有這個方式可以確保我的信能寄到你手上，而不會遭人攔截。就算到了此時此刻，我仍然不確定你能不能讀到這封信。獵戶座號上有人想要殺你。我不知道是誰，也不知道會在什麼時候。我只知道對方打算盜取你母親的日記，然後在你十三歲生日以前把你除掉。別冒任何不必要的險。希望有一天能當面見到你，只願我能活到那一天……你也一樣。

——你的朋友

「怎麼了嗎？」亞米問。

克魯茲目瞪口呆地把信遞給室友。亞米一邊讀信，眼鏡也從知更鳥蛋一般的藍色三角形，變成深紫色的半月形。「從哪裡寄來的？」

克魯茲翻看信封。「郵戳寫的是英格蘭倫敦。」

「你在那裡有認識的人嗎？」

「沒有，除了威瑟麗，但不可能是她寄的。」威瑟麗・布萊特是伽利略隊的學員，家鄉在倫敦。不過，她跟克魯茲和大家一樣，九月就註冊入學了，所以不太可能幾天前才從英格蘭寄這封信給他。

亞米重新把信讀了一遍。「他們想搶走日記，我還能理解，但你的生日跟這件事有什麼關係？」

「我不知道。說不定他的意思是，他們除掉我，就能除掉媽媽留下的最後一絲痕跡。我只確定一件事，我已經不再像以前那麼容易害怕了。」

「你最好跟你姑姑說——」

「不行。」克魯茲從室友手中，把抓過信紙。「我不會把這件事告訴任何人，你也不行。」他到探險家學院來，是為了體驗驚奇，摸索志向，同時督促自己發掘所有潛力，但要是任由恐懼主宰他的每個行動，那麼這些事他一件也做不到。「何況我們還不知道是誰寄來的。這甚至有可能是假造的信。」

「我知道你的打算。」亞米挑起眉毛。「你只是不希望現在有任何事，搞砸你和鯨魚說話的機會。」

克魯茲聳起一邊肩膀，賊賊地咧嘴一笑。這才是實話。

11

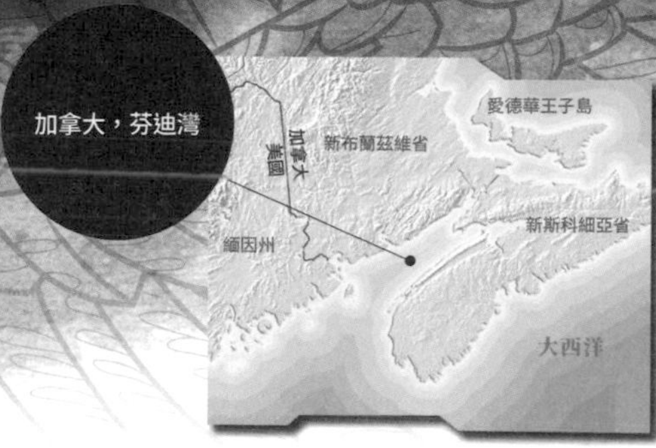

崔普．史卡拉多斯調整好耳機麥克風，從駕駛座轉過身。「大家準備好了嗎？還沒好的話就太糟了，老弟。因為我們這就要出發了！」「有人在嗎？」亞米出聲叫喚。「芳瓊？希橘兒？」

坐在雷利號的後半段，克魯茲伸長了脖子望向正前方橢圓形的船窗外面。獵戶座號船殼上巨大的鋼製艙門緩緩滑開，海水湧入海灣。他們馬上要下水了！

勒格宏先生坐在崔普旁邊的副駕駛座，拍胸脯吹噓：「我的隊員已經準備到不能再準備了。」教練回頭查看克魯茲和他的隊友，他們屁股挨著屁股，擠在潛水艇潛水作業區的弧形板凳上。勒格宏先生向他們豎起大拇指。

庫斯托隊穿著輕量潛水防寒衣，也向教練豎起大拇指示意，不過很明顯他們誰也不像隊長那麼有信心。莎樂一個勁兒地嚼著至少四塊口香糖，杜根焦躁地抖著腳跟，頻率比蜂鳥翅膀還快，而亞米的鏡框現在成了梯形，黑色條紋像賽車一樣不停地閃過去。克魯茲坐在杜根和布蘭迪絲中間，把鯨通頭盔緊緊抱在胸前，緊到他覺得頭盔一定會被他壓爆成碎片。大家都知道現在賭的是什麼。這不是洞穴的模擬實境。他們不會有重來的機會。要是不夠專心，要是不能合作無間，哪怕只是出了一點小差錯，簡直不敢想像……

克魯茲顫抖著吸了一口氣，要自己盡可能不去想像。

雷利號已經完全沒入水中，崔普鬆開固定鉗，他們在移動了！駕駛員用細膩的操作手法讓潛水艇通過船殼的開口。克魯茲從他旁邊的右舷窗窺視出去，看到一片昏暗的深藍色視野。

「雷利號呼叫獵戶座號。」崔普說，「我們已離開母船。鯨魚救援行動正式展開。」

莎樂開始鼓掌，克魯茲也跟著拍手。坐在崔普身後三名麥哲倫隊的船上隊員——葉卡特琳娜、孫濤和詹恩，也一起鼓起掌來。

布蘭迪絲用手肘輕輕推他。「今天真的是芬迪日了。」

「什麼？」

「記得我們玩泰琳的遊戲之前，我問你什麼是芬迪日嗎？」

「對，我想起來了。」他吃吃竊笑，「希望我們在芬迪灣也像遊戲日一樣開心。」

「一定會的。」她拍拍他的肩膀。「這叫『婀洛赫』。」

「什麼？」

「婀洛赫，冰島語，意思是『天命』。就是做你命中注定要做的事。這個概念最早出現在北歐神話裡面。」

克魯茲喜歡這個詞唸起來的聲音。他往後靠上艙壁，好更清楚看到舷窗外面。在他們上方，午後的陽光把海面附近蕩漾的海水染成明亮的水藍色，愈往下面，海水也漸漸改變顏色，從水藍色變成藍綠色，再變成鈷藍色。

「你知道這個海域有鯊魚嗎。」杜根的頭和克魯茲的頭只離了幾公分。「大白鯊一口就能把你的腿咬下來。」

「是沒錯。」克魯茲用實事求事的語氣表示同意，「但那只是因鯊魚誤以為你是食物。還好我生在夏威夷，不是新墨西哥州之類的地方，不然面對面碰到鯊魚，我可能也不知道怎麼辦。」克魯茲忍不住想嘲諷一下杜根，他知道杜根來自聖塔非，就在新墨西哥州。

「我知道怎麼辦好不好。」杜根馬上頂回去。

「你當然知道。」克魯茲指指杜根脖子上戴在防寒衣外面的金鍊子。「所以你一定不會忘記下海之前要把那東西藏起來，因為你一定知道鯊魚可能會把首飾看成魚鱗，尤其是像今天這種太陽很大的日子。」

「會嗎？」杜根強硬的防衛心出現了一條小裂縫。

「會啊。鯊魚主要靠嗅覺來尋找獵物。低反差的東西牠們看得很清楚，但要看清楚高反差的物體就比較吃力。」克魯茲解釋，「鯊魚可能會被珠寶首飾、鮮豔的泳衣，或是顏色對比強烈的衝浪板吸引過來，以為那是魚。」

杜根狐疑地看著他。「你亂講的吧。」

「我沒有，真的。」

「你自以為聰明，因為勒格宏先生選了你而不是我來當甲殼大使，可是你才沒有多聰明。」

克魯茲很想糾正他，但話到嘴邊又吞了回去。

布蘭迪絲開口了。「是鯨豚（cetacean）大使，杜根，不是甲殼（crustacean）大使。甲殼動物是螃蟹跟——」

「我知道啦。」杜根啐了一口，氣沖沖地別過頭去。

「我們已經鎖定鯨群了。」勒格宏先生走向他們，葉卡特琳娜、詹恩和孫濤緊跟在後。「所有隊員開始著裝。」

克魯茲伸手拿浮力背心，把背心外側的束帶穿過氧氣瓶。詹恩在一旁幫忙抬起氣瓶，方便克魯茲把手臂穿進背心。克魯茲抬起頭盔，順時針方向轉動左耳上方的旋鈕，打開頭盔的電腦系統。他們用的都是芳瓊・奎爾思設計的防水循環呼吸式頭盔。當潛水員吐出空氣，頭盔會過濾掉其中的二氧化碳，回收氧氣和氮氣，再從氣瓶裡補充新鮮空氣，然後全部回送到頭盔，供潛水員吸入下一口氣。克魯茲再順時針轉動右耳上方的旋鈕，直到發出喀搭一聲，開啟麥克風。詹恩幫他把氧氣瓶的軟管接上頭盔，緊急用的呼吸調節器繫在配重腰帶上，同時克魯茲一邊檢查鯨通的控制器，確定已經牢牢在腰帶上扣好。他按照芳瓊的叮嚀，先把開關撥到真人通話那一邊。詹恩把頭盔套上克魯茲的頭。克魯茲聽見他把插銷扳過去，把頭盔跟防寒衣連接在一起，形成不透水的密封層。

「穿好了。」詹恩大聲說道，拍拍他的背。「請檢查讀數，測試看看。」

克魯茲在面罩視窗底部看到氣瓶量表。目前的讀數是百分之一百。克魯茲深呼吸幾下，確認讀數運作正常，然後向詹恩豎起大拇指。現在只剩穿上蛙鞋、戴上手套了。他一邊穿戴，看到杜根拉下防寒衣頂端的拉鍊，把金項鍊塞進衣服裡。

庫斯托隊所有人著裝完畢後，麥哲倫隊退回潛水艇前區的座位。崔普最後一次向潛水隊比出大拇指，隨即按下儀表板上一個開關。防水牆開始移動，隔開潛水作業區與潛水艇的前半段。防水牆卡進定位之後，過了片刻，海水慢慢從他們腳底的出水口湧進來。克魯茲心跳加速，看著水逐漸淹到他的腳踝，他的小腿，他的膝蓋……

「庫斯托隊，答數。」勒格宏先生的聲音在克魯茲的頭盔裡響起。

「庫斯托一號在。」克魯茲回答。

「庫斯托二號。」莎樂響應。

「庫斯托三號。」布蘭迪絲也出聲。

「庫斯托四號。」亞米說。

接著一陣沉默。

所有人都轉頭看向杜根。他兩手向外一攤，像是在說：**看我幹嘛？**

克魯茲伸手把杜根頭盔上的旋鈕往順時針方向轉開。

「我說，**我在這裡！**」杜根的聲音猛然穿透他們的耳膜。

勒格宏先生嘆了口氣，就像老師在教室裡面對一群不受教的學生，巴不得提早下課那個樣子。

潛水作業區已經完全灌滿水，勒格宏先生游向頭頂的艙門，把門轉開，然後向上推開艙門，踢水游出圓形的艙口。他的蛙鞋蹼尖一消失，庫斯托隊立刻跟上。克魯茲跟在布蘭迪絲後面上去，進入開放水域的一剎那，他覺得整個人都放鬆了。他從今年夏天到現在都沒有機會潛水，現在又能夠置身海中，感覺真好——像羽毛一般輕盈又自由。他好喜歡海水的浮力。布蘭迪絲說得對，說不定這就是他的天命。克魯茲單純好玩地翻了幾個筋斗。

勒格宏先生在他們身後關上艙門。「雷利號，人員都出來了。」

「收到。」崔普答覆確認。「防鯊電磁場已經開啟，你們應該會受到保護。我們會待在這裡，以防你們有任何需求。艾爾哈特隊會在海面上追蹤各位。雷利號通話完畢。」

勒格宏先生從手上的聲納探測器抬起目光。「看來鯨魚群轉向了，目前正往岸邊方向前進。跟我來。今天海水能見度不佳，你們要牢記水肺潛水的訓練內容，跟好你的搭檔。」他揮手要杜根到他旁邊來，杜根是他的搭檔，他們兩人領隊。莎樂和亞米跟在後面。克魯茲游向布蘭迪絲，兩人並肩殿後。

他們兩人踢水前進，節奏從容而規律，一邊慢慢左右轉頭，仔細觀察海中風景。勒格宏先生說得沒錯，今天能見度很低。有好一陣子，克魯茲能看到的就只有莎樂和亞米的蛙鞋，在他前方踢起一陣陣帶有懸浮物的藍色水霧。突然，他的右邊出現一團銀色光影。克魯茲停了下來。一群數量龐大的銀灰色閃亮小魚為了閃避他，猛然一個急轉彎，行動卻又十分流暢。這一大群魚想必有好幾千條，甚至好幾萬條，但是游動起來彷彿融為一體。

「鯡魚。」布蘭迪絲認出來，「我在書上讀過，鯡魚能用放屁來溝通。」

克魯茲努力忍住不要偷笑。那一定是冰島用語，跟英語的意思一定很不一樣。

「鯡魚排氣的時候會發出一種高頻的振動聲，人類和其他魚類聽不見。」她說，「不過鯨魚和海豚可能聽得到，所以說，這些會放屁的鯡魚等於在替自己打廣告，說晚餐就在這裡。很奇怪吧？」

「氣噗噗魚。」克魯茲笑說，「沒想到有這種事。」

「你們應該知道，你們說的話我們都聽得到吧。」亞米冷冷地調侃。

「包括放屁什麼的。」杜根補了一句。

克魯茲和布蘭迪絲交換了一個羞赧的笑容。

「就在前面！」是勒格宏先生的聲音。「各位，發現鯨群了。」

克魯茲和布蘭迪絲加快速度往前游，追上其他人。趕到勒格宏先生旁邊以後，克魯茲看到大約七、八團黑影，與他們的行進方向垂直。影子漂浮在接近海面的地方。突然，克魯茲的視窗角落冒出北大西洋露脊鯨的圖標，旁邊的燈號變成綠色。鯨通準備就緒了！

「克魯茲，該你上場了。」勒格宏先生說。

時候到了！

「我現在要開始切換到鯨通模式了。」克魯茲努力讓自己聽起來沉著冷靜，但心臟在胸腔裡怦怦狂跳，聲音實在很難維持平靜。

「收到。」勒格宏先生說。「有需要恢復通話的時候我們會讓你知道。」

克魯茲撥動控制器開關，開始游向鯨群，雙腳輕輕踢水，手臂也收在身體兩側，免得驚嚇到鯨魚。他選定一頭游在外圍的鯨魚，慢慢游向牠頭部的一側。他希望鯨魚能用那一側的眼睛清楚看到他。黑黝黝的鯨魚身形非常龐大，比校車還大！長而光滑的身體線條一路延伸到巨大的尾鰭，尾鰭上面有幾道凹口，正慵懶地在水中擺動。牠的腹部有好幾塊像潑漆一樣的白斑。鯨魚的嘴巴從烏黑的大眼睛下方開始，再往上延伸到鼻尖，形成一條巨大的倒U字曲線。灰白色的腫塊一點一點地散布在鯨魚頭頂，再稀疏地連過去集中在兩邊的眼睛上方，像一條粗眉毛。石川博士昨天上課解釋過，這些腫塊是硬化的小塊皮膚，叫作胼胝。這些鈣化的粗糙皮膚斑塊，是用來辨認露脊鯨的特徵。每隻鯨魚身上的斑塊分布都不一樣。

有好一會兒，克魯茲只能呆望著這頭七十噸重的動物，著迷於牠的龐大和美麗，他覺得自己好渺小，好平凡。

克魯茲應該說點什麼才對，不是嗎？就在他準備開口說話的時候，忽然聽到一聲像是小象鳴叫的聲音。是鯨魚發出來的嗎？他的頭盔亮起藍燈。是鯨魚沒錯！克魯茲屏住呼吸，焦急地等待翻譯。

「人類。」耳邊傳來芳瓊的聲音，這時聽到她的聲音真是安慰。

克魯茲又聽到另一聲孤寂的哀鳴，比前一聲更長，而且來自更遠的地方。

「小心。」翻譯的聲音傳來。

眼前一顆烏黑的眼珠上下移動，止在打量他。克魯茲腦袋突然一片空白，過了好幾秒鐘才想起他練習過的話。「我們……呃……我們是來幫忙的。」克魯茲不小心太大聲，「幫忙拿掉網子。」

鯨通把他的話播送出去以後，克魯茲聽見長長的一聲「嗚——」，有如獨奏的長號，從一個低音往上滑向更高的一個音。鯨魚的鳴叫並不大聲，不過克魯茲還是覺得他的頭好

像塞進了喇叭裡面。

訊息傳回來：「幫忙。」

鯨魚把頭轉向克魯茲，看似和他打招呼，隨即潛入更深的水中。克魯茲的眼角餘光瞄到某個紅色的東西一閃而過。那是浮標嗎？這會不會就是石川博士影片中被纏住的那隻鯨魚？鯨群分散開來，好讓克魯茲游進牠們中間。他收緊手臂，緩緩拍動蛙鞋，平穩地穿過混濁的藍綠色海水。克魯茲被體長是他十倍的生物環繞，卻並不覺得擁擠或緊迫，甚至也不害怕。

在那裡！一個紅色浮標連在一團糾結的漁網上面，拖在鯨魚身後，漁網在鯨魚的下腹部和尾鰭纏繞了好幾圈。纏得很緊，把其中一側的尾葉都弄彎了。看到牠這個模樣克魯茲眉頭都皺了起來。

克魯茲聽見一聲柔和而悲傷的嗚咽，彷彿連綿不絕。

鯨魚尾鰭一沉，同時翻譯器說出：「掙扎。累。痛。」

「我知道！」克魯茲脫口大喊。「對！再忍一下，不要放棄！勒格宏先生，」克魯茲太興奮了，差點忘了把控制器扳回來，「我發現影片裡的鯨魚了，我很確定，是身上有浮標那一隻。你們從鯨群空隙游進來就會看到我們了。快快快！」

「別急，克魯茲。」他的教練回答。「跟牠說待在原地別動。我們馬上來。」

克魯茲把開關撥到鯨通模式，轉達教練的話，然後游得靠鯨魚更近一點。他把手放在鯨魚的身體上，就在又長又寬的胸鰭旁。「你會沒事的。我的朋友會來幫忙。我就在這裡。可以的話待著別動。」他大概說得太快，也太多話了。**慢一點**，他告訴自己，**你冷靜，鯨魚就會冷靜**。但他摸的可是鯨魚啊！面對這種情況，怎麼可能不會驚慌失措？

克魯茲在一片霧濛濛中，看到一頂頭盔出現，接著又有一頂。「他們來了！」

所有隊員各自在鯨魚的兩側就位。莎樂漂浮到克魯茲隔壁的位置。他們眼神交會時，她的眼睛睜得又圓又大，像是在說：**你敢相信我們現在在哪裡嗎？**

「庫斯托二號，請回報。」勒格宏先生下令。

「左胸鰭周圍沒有漁網。」莎樂回答，同時沿著鯨魚的身體移動。「沒有看到傷口。」

「庫斯托三號？」

「右側情況相同。」布蘭迪絲說。

「庫斯托四號？」

「漁網纏住後半部。」亞米說，「肚子上有一道小傷口，不過看上去不深。」

「庫斯托五號？」

「這裡也有漁網，但是沒有傷口。」杜根回報。

「尾鰭彎了，但是沒看到外傷。」勒格宏先生向大家報告。「請二號到五號隊員慢慢游到尾鰭這裡來協助我。克魯茲，請你繼續安撫我們的傷患。」

克魯茲輕輕撫摸鯨魚。牠的身體強壯結實，皮膚摸起來很光滑，有橡皮的質感。「你做得很好。」他對著翻譯器說，「我們現在要幫你拿掉網子了。」

不知道你在想什麼呢？看著鯨魚的黑眼睛左顧右盼，目光經過莎樂，停在他身上，克魯茲心中暗自想著。

鯨魚的尾鰭和胸鰭不再擺動，就這樣浮在水中，等著。牠是在表達信任嗎？

他們的教練用手摸索著網子，看起來是在找纏得比較鬆的地方。「我們從這裡下手。」勒格宏先生說著，從腰帶抽出一把小刀。「杜根，我割的時候，你把這裡拉住。很好。亞米，現在把那邊拆開，動作放輕。莎樂和布蘭迪絲，你們可以把割下來的網子收集起來嗎？」

一點一點，一片一片，他們慢慢把網子剝除。鯨魚沒有畏縮，連亞米的蛙鞋尖端在牠的肚子上劃過去也沒有任何反應。每個人的動作都謹慎又小心，對克魯茲來說，就像在看一支慢動作的舞蹈——在夢幻的藍黑色世界中跳起的一支神奇舞蹈。不到十分鐘，探險者已經把每一處打結的繩索都清掉了。勒格宏先生聯絡石川博士和艾爾哈特隊，告知他們漁網碎片會由潛水隊帶上海面。

克魯茲直直地望著鯨魚的眼睛。「完成了。你自由了。」

他聽到一聲空靈的嗚咽，接著看到鯨魚輕鬆地揮了一下不再彎曲的尾葉，彷彿在測試尾巴，看看是不是真的解脫了。

牠似乎把一隻鰭伸向克魯茲，在他的胸前移動。「感激。」他的翻譯器說。

克魯茲幾乎壓抑不住激動！他現在唯一能做的就是忍住不要在一堆泡泡之間翻觔斗。

他們成功了。他們真的救了一頭鯨魚！藍燈亮起，克魯茲一看到，注意力猛然被拉回來。鯨通又翻譯了一個詞：「還有。」

還有什麼？還有網子？克魯茲把目光投向鯨魚全身，檢查了一遍。「不用擔心。」他向鯨魚保證，「我們已經把網子全部拿掉了。」

克魯茲又聽到了：「還有。」

他一頭霧水，不知道該怎麼想，或是該說什麼。他們漏掉了什麼嗎？會不會鯨魚的嘴裡有魚鉤，還是有他們沒發現的其他傷口？說不定鯨魚被漁具纏住太久，到現在還覺得漁網黏著牠。克魯茲是不是應該告訴勒格宏先生？他摸向腰帶上的控制器開關。

「克魯茲！」亞米指著克魯茲身後。

他轉過身，看到三頭鯨魚朝他游來。牠們一定是趁庫斯托隊在忙，脫離主了鯨群之後又繞回來的。游在最後面的那隻鯨魚，吻部被一條長長的繩子纏繞了好幾圈！克魯茲記得石川教授說過，露脊鯨以浮游生物和磷蝦為食，會張開大嘴掠過海面，吞進大口海水，再用鯨鬚板篩出獵物。莎樂知道他在想什麼。「牠這個樣子要怎麼吃東西？」她說。

「這可不容易。」勒格宏先生說。

「幸好我們在這時候來。」亞米補上一句。

另外兩隻鯨魚，克魯茲很確定就是在石川博士的影片上看過的：被纏繞的漁網勒住一邊胸鰭的母鯨魚，跟牠的鯨魚寶寶。

克魯茲的翻譯器代替三隻鯨魚說話了：「幫忙。」

克魯茲雙手向外划，平順地推開深青色的海水，游到鯨魚身邊。「我們就是來幫忙的。」他說，「不用擔心。」

這一次，勒格宏先生沒有自己切斷繩子，而是把小刀交給了學生。他指導布蘭迪絲和杜根剪去第一頭鯨魚身上的繩索，然後輪到亞米和莎樂幫鯨魚媽媽脫困。克魯茲屏氣凝神看著隊友動刀。他們一定要非常、非常精準才行。

克魯茲感覺有東西撞了一下他的屁股。是鯨魚寶寶。小鯨魚的體型只有媽媽的一半不到，體色也沒那麼黑，不過頭頂、眼睛上方和鼻吻尖端，都有相似的胼胝。

克魯茲露出燦笑。「哈囉。」

他聽到好幾聲短促的喀喀聲，很快便被翻譯出來：「擔心。媽媽。」

克魯茲不知道鯨魚媽媽被漁具纏住已經多久了。鯨魚寶寶滾了一圈，露出肚子上的白斑，然後用鼻子碰了碰媽媽的身體。克魯茲聽見一聲長長的顫音，讓他聯想到一首傷心的情歌唱到最後，歌手拉長尾音的樣子。顫音最後消散在一股古怪的寧靜裡。

「愛。」他的翻譯器說。

克魯茲感覺喉嚨哽咽，他用力嚥了下去。

「輕一點，輕一點，快剪斷了。」勒格宏先生柔聲指導亞米剪斷最後一根繩索。

克魯茲看著鯨魚媽媽的鰭從繩子裡彈出來，感覺自己的心也跟著歡喜雀躍。全隊一齊發出「吁！」的一聲。

「應該行了。」勒格宏先生宣布。亞米和莎樂拖著網子向後游開。「鯨群裡每一隻鯨魚身上都沒有網子了，也沒有明顯可見的外傷。我想這次鯨魚拯救行動很成功。各位，我們把這些垃圾帶回船上去吧。」

克魯茲看到布蘭迪絲吃力地拉扯著一大團漁網。他抓起漁網一側，兩個人合力往上游。當五名探險者和教練浮上海面時，鯨群也躍出了水面。

好幾隻鯨魚騰躍前進，潛入水中又浮上水面，然後又潛入水中，就像在坐雲霄飛車。其他鯨魚向兩旁翻滾旋轉，拍打胸鰭看起來像在揮手。說不定牠們真的在揮手！鯨群歡樂嬉鬧的同時，還輪流向空中噴出陣陣巨大的水霧。克魯茲一邊踩水，一邊看小鯨魚和媽媽在深藍色的波浪間乘風破浪。兩隻鯨魚一起攀上浪花的波峰，向前一躍潛入水裡，尾巴整齊劃一向下拍打。看到這麼強壯卻優雅的生物，游在水中強而有力又自由自在，真是不可思議的景象。布蘭迪絲用的那個詞叫什麼？對了，天命。那或許是一個古老的觀念，但用在此刻卻很適合。這才是大自然該有的天命。

現在浮上海面，克魯茲已經聽不到鯨魚的歌聲，但他的翻譯器還聽得到，而機器不停重複著一個字：「快樂。」

快樂。

快樂。

淚水模糊了克魯茲的視線。他幾乎忘了呼吸，而且說不出話來。

艾爾哈特隊乘著馬達小艇從鯨群後方靠近，被鯨魚噴水和破浪前進激起的水花淋得一身溼，但大家看起來並不介意。他們關閉引擎，以免嚇到鯨魚。探險者昆多・歐沙索納、費咪・圖伊度和肯多・皮爾森，從小船左舷探出身子，幫忙拉起克魯茲和布蘭迪絲手中的網子，臉上都堆滿了笑容。

「做得好，庫斯托隊。」大家把最後的漁具都推上船以後，勒格宏先生說。「我們再回海床檢查最後一遍。不要留下任何一丁點碎片。」

他們再度潛入水中，克魯茲和亞米互碰拳頭。這次的任務結果無可挑剔，好得不能再好了。庫斯托隊再度分成兩兩一組，搜尋海床。他們仔細檢查，看有沒有漁具在他們替鯨魚切斷繩子的時候飄走。克魯茲和布蘭迪絲沒看到任何東西。其他人也一樣。

「看起來沒問題。」克魯茲在頭盔裡聽到勒格宏先生的聲音。「該回雷利號了。」

克魯茲游在布蘭迪絲旁邊，迫不及待想趕快回到船上。他的腎上腺素不停上湧。他好期待把發生的事全部說給瑪莉索姑姑、蘭妮和他爸爸聽。他**跟鯨魚說過話**！而且，芳瓊也會想知道鯨通好不好用。克魯茲等不及告訴她效能有多好——

克魯茲面罩上的燈號在閃爍。他放慢踢的速度，以便看清楚右邊燈號下方出現的文字：**空氣淨化功能故障**。

「布蘭迪絲，我這裡可能出了點問題。」克魯茲說，刻意保持聲音鎮定。

沒過幾秒，她已經來到他的右手邊。「怎麼了？」

「我的循環呼吸系統出現警示燈號。」

「你的聲音斷斷續續的……再說一遍？」

視窗上亮起更多文字：**防水層破洞**。他的面罩漸漸蒙上一層水蒸氣。克魯茲的耳邊只聽到靜電噪音。他伸手想找布蘭迪絲，但她不在那裡。他低下眼睛一看，他的頭盔正在進水！克魯茲告訴自己不要慌張。他受過的訓練這時發揮了效果，他回想了一遍這種時候該採取的所有步驟：脫掉頭盔，拿起腰帶上的呼吸調節器放進嘴裡，然後開啟氣閥。調節器供給的空氣足夠他回到水面。

克魯茲伸手摸索把頭盔跟防寒衣連在一起的四個插銷，其中三個很容易就解開了，但最後一個就是彈不開。他嘴裡吃到鹹鹹的冰涼海水。克魯茲抬高下巴，雙手使勁想拉開插銷，但它死不肯鬆動。克魯茲覺得頭暈目眩。頭盔內現在就像夏天的溫室。他已經什麼都看不到了。一切發生得太快。他感覺得到自己的力氣逐漸流失。克魯茲深深吸進最後一口氣到肺裡。閃爍的燈號和警告都停止了，全部化為一片漆黑。他的頭盔掛了。

克魯茲知道，再過幾秒，他也要掛了。

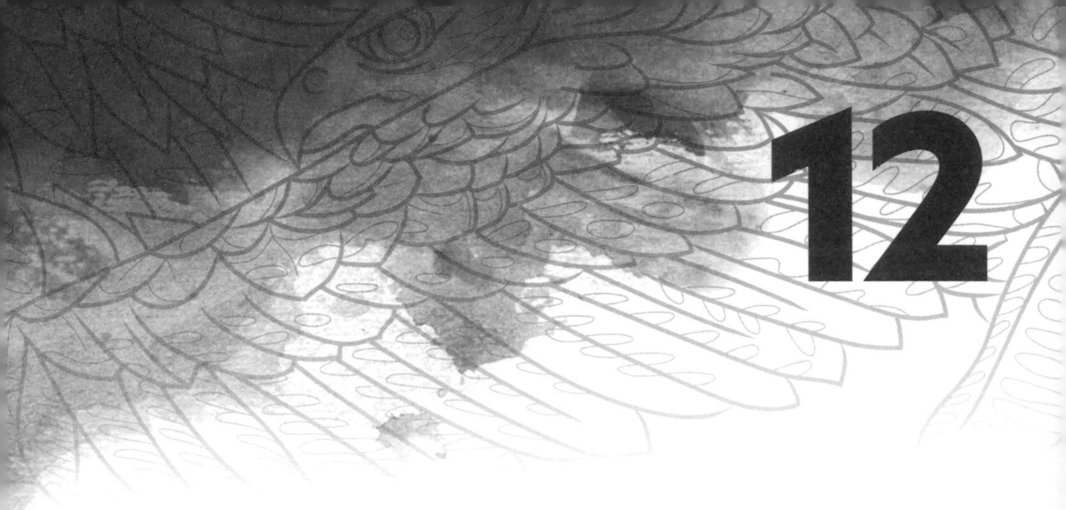

12

頭盔裡的進水不斷升高，克魯茲仰著脖子，盡量讓頭保持在水位以上。是不是有什麼東西抓住他的手臂？他不確定。他的四肢漸漸失去知覺。腦子也是。就像混在盒子裡的拼圖片，一大堆念頭塞滿了他的腦袋，他沒辦法單獨挑出一個。各種隨機出現的感覺在他的腦海裡彈跳。爸爸用的鬍後水的薄荷香味。被瑪莉索姑姑緊緊摟在懷裡。亞米的眼鏡。蘭妮的笑容。

他開始嗆水。水向上竄進鼻子裡。克魯茲知道他撐不久了。他的頭腦慢了下來，手腳像鉛塊一樣沉重，下巴也沉到水位線以下。克魯茲吐出肺裡殘存的最後一絲空氣，聽見那口氣

化作泡泡。真有趣。他從沒想過生命盡頭最後聽到的聲音會是這個。

突然，克魯茲覺得頭變輕了一點。頭髮也有種奇怪的感覺，好像正在漂離他的頭殼。有東西塞進了他的嘴裡。他嚐到橡皮味，感覺有一股微風吹過他的舌頭。微風？空氣，是空氣。

他體內有個聲音大叫：**吸氣！**

他聽從那個聲音吸氣。克魯茲感覺乾癟的肺膨脹起來。他吐氣，再吸氣。這是真的嗎？他不確定，只是不斷吸氣吐氣，覺得腦袋裡的濃霧逐漸散去，克魯茲睜開眼。海水的鹽分刺痛眼睛，他逼不得已只好重新半閉上眼，不過已經足以看見勒格宏先生和布蘭迪絲模糊的輪廓。他的教練用手指指上方。克魯茲意識到自己正在向上移動——不對，是被人拉著向上移動。克魯茲稍微轉過頭，看到亞米抓著他的左手臂，杜根在他右邊。布蘭迪絲在他前方，一手扶著現在塞在他嘴裡的呼吸調節器。克魯茲感覺得到還有一雙手牢牢抓住他的腰。莎樂。每吸進一口氣，他的力氣也跟著回復了一點。隨著

雙腿逐漸恢復知覺，克魯茲開始踢水。

等到他們抵達水面，克魯茲的頭腦和身體已經慢慢能夠串聯運作。幾分鐘以後，他比了個OK手勢，讓杜根、亞米和莎樂知道可以放開他了。他們三個人雖然放開手，但還是待在他附近。他知道他們盯著他是要確定他有辦法自己踩水。克魯茲仍然咬著嘴裡的調節器，以免不小心吞進海水。其他隊員也都還戴著頭盔，大概是勒格宏先生要他們繼續戴著，免得吃到水，也確保隊員間的通話不會中斷。不過，這種感覺好奇怪。他就在隊友身邊，卻和他們是隔離的。克魯茲只能打手勢跟他們溝通。海灣靜悄悄的，只聽見海浪潑打在防寒衣上面的聲音。

布蘭迪絲不停撥弄著她的潛水腰帶上的某個東西，克魯茲感覺腰上一陣拉扯，才發覺身上有一條繩索連著她！克魯茲摸索連接咬嘴的管線，發現用的也是她的呼吸調節器。布蘭迪絲大概不想冒險賭他的供氣系統還能不能用，所以臨時拿了自己的代替。隊友的快速反應無疑救了他一命。除此之外，他們還替他解開了頭盔上頑固的第四個插銷。

他的頭盔！克魯茲的目光從勒格宏先生轉向布蘭迪絲，再轉向亞米，然後是杜根，想看看這一群在海面上起起伏伏的人，有沒有誰手上拿著他的頭盔，雖然他知道這麼做只是白費工夫。為了優先確保他的安全，即使頭盔流走了，他們也不會特意去撿的。頭盔現在想必靜靜躺在芬迪灣的海底。克魯茲讓頭往後仰，直到感覺海水淹進耳朵。芳瓊的鯨通原型機——沒了！

雖然如此……

他還活著。克魯茲仰望天上纖細如蕾絲、把天空粉刷成淡藍色的捲雲。他想起海陶爾博士在入學典禮上對所有探險者說過的，不要輕忽洞穴訓練，以後在真實世界遇到危險時，他們在模擬器中學到的技能就會派上用場。在此之前克魯茲從來沒真正想過這句話的意思。他凝望著天空，疲倦的身體在起伏的波浪裡載浮載沉，他還有非常充裕的時間去思考那句話。克魯茲現在明白，庫斯托隊的每個隊員都掌握著其他隊友的性命。從今以後，情況都會是這樣。這是非常龐大的責任——他再也不會把它視為理所當然。

布蘭迪絲正在拍他的肩膀。她指指他，然後比出OK手勢。

對，他沒事了。比沒事還要好。克魯茲滿懷感激，對他的隊友，對他的家人，對萬事萬物。當然，這些他說不出口。要怪就怪他嘴裡的呼吸調節器吧。現在繩子把克魯茲和他偷偷喜歡卻不大願意承認的女生繫在一起，他很高興可以什麼都不用說，只要點頭就夠了。

「**深呼吸。慢慢吐氣。**」

克魯茲照著做。

「再來一次。」

克魯茲感覺冰涼的聽診器在他背上從右邊移到左邊。「愛肯伯醫生，我沒事啦——」

「請不要說話。」

克魯茲沮喪地嘆了一口長氣，正好符合了醫生的要求。他感覺完全沒事。好吧，可能沒到完全的程度，但他覺得只需要吃點東西，好好睡一覺，就真的完全沒事了。

「你的肺沒問題。」船醫說。

克魯茲起身滑下高腳床架。

愛肯伯醫生抓住他的手肘。「別急，還沒好。」

「可是你剛剛才說我血壓正常，心音正常，肺也沒問題。」

兩道白眉毛皺成了一條線。「我希望你留下來觀察一天。」

「觀察？你是說像拿放大鏡看昆蟲一樣？」

醫生把聽診器掛回脖子，咯咯笑了。「類似那樣。」

「我不懂，為什麼——」

「克魯茲。」瑪莉索姑姑板著臉，交叉手臂坐在他對面。

他不需要翻譯器也知道那是什麼意思。克魯茲倒頭回到診療床上。他並沒有真的生她的氣。他怎麼可能會呢？

他們全隊坐上艾爾哈特隊的救援船返回獵戶座號時，他姑姑正在左舷欄杆旁等待大家。探險者和他們的教練一個一個爬上舷梯。每一個庫斯托隊的隊員爬上船，瑪莉索姑姑都為他們披上毛巾，同時說：「做得很好，探險者，以你為榮。」當克魯茲的光腳丫踏上甲板，姑姑也用同樣方式迎接他。望著那雙驚恐的棕色眼眸，克魯茲看得出她很想一把抱住他。但她忍住了，只是溫柔地用毛巾裹住他的肩膀。「做得很好，探險者，以你為榮。」她說，只有微微顫抖的聲音洩漏了她的情感。

不妙。瑪莉索姑姑站起來了，抖開一條毯子。克魯茲再不趕快行動，在他說完學院校訓「互相合作，彼此尊重，榮譽至上」之前就會被姑姑蓋上毯子，要他好好休息。

「愛肯伯醫生？」克魯茲坐起來，吞了吞口水。「假如我答應好好休養不亂跑，一有不舒服就回來找你，你可以准許我出院嗎？」

船醫從平板電腦上抬起頭，捻著濃密的白鬍子尖端。「不然這樣吧。我去看看你全身掃描的結果。如果都沒問題，我就會考慮放你出院。現在你可以先換上乾淨的衣服。」

瑪莉索姑姑和愛肯伯醫生走出檢查室，讓他換衣服。克魯茲脫下防寒衣，套上姑姑拿來的汗衫和棉褲。過沒多久聽到有人敲門，克魯茲拉開病床隔簾。

「我們的鯨語大師還好嗎？」崔普・史卡拉多斯靠著門框。

「嘿，崔普。我沒事。每個人都這麼問我。」

「那真是太好了，我可不想失去我最好的副駕駛員。我本來會早點來探望你的，但是有件事必須跑一趟腿。」他亮出藏在牆壁後面的手臂。「你是不是忘了什麼呀？」

「我的頭盔！」克魯茲忘情大喊。「真不敢相信，你撿回來了。」

「小意思。雷利號的機器手臂幾乎什麼都撿得起來。」

「謝天謝地。我還一直擔心要去跟芳瓊說，我把她的鯨通原型機搞丟了。你覺得它還能用嗎？」

「不確定，老弟。不過要說誰能把它修好，那一定是芳瓊了。我正要拿去實驗室給她，想說順便過來看看，告訴你這個好消息。」

「謝謝！」

「不用客氣。你休息一下吧。我們晚點聊，回見！」潛水艇駕駛揮了揮手，轉身離開。

克魯茲正在穿襪子的時候，姑姑和醫生回來了。「怎麼樣？」他問。

「檢查結果看來一切正常。」愛肯伯醫生說，「我會讓你出院，不過我希望你小心一點，不要在船上追趕跑跳，也不要像在洞穴玩飛行傘那樣做危險動作。另外，只要你會咳嗽或氣喘，頭腦昏沉無法思考，或是感覺噁心想吐，你就要馬上回來找我。」

「我答應你。」他的胃好像要表示贊成似的，咕嚕咕嚕發出響聲。克魯茲摀住肚子。

「你前一次吃東西是什麼時候？」

「這不是想吐，真的。」

「我會請主廚送點雞湯下來。」瑪莉索姑姑插話。

克魯茲扁嘴苦笑。

克魯茲急急忙忙離開醫務艙，以免他們兩個改變心意。

「我晚點會去看你。」走到大迴旋梯底下準備分開以前，瑪莉索姑姑捏捏他的手臂說。

「回艙房去，睡一會兒吧。」

「好。」但答應很容易，實際要做可不然。克魯茲走進探險者客艙走廊的那一剎那，消息傳得比八月炎夏的森林大火還快。班上的同學紛紛湧出艙房，包括警衛伍迪克恩都堅持要護送他回房間，逼得克魯茲頻頻向大家保證，他很好，他沒事。

「跟鯨魚對話是什麼感覺？」詹恩問。

「很神奇。」克魯茲擠在賽斯・莫勒和昆多中間回答。

「差點死掉是什麼感覺？」阿里喊著。

「很可怕。」

「我們都很高興你沒事。」馬提歐拍拍克魯茲的背說。

「海裡到底發生了什麼事？」問這句的是杜根。

「那是意外。」克魯茲緊張起來。

「你一定做了什麼。你出發前有檢查裝備嗎？」

他的腦袋高速旋轉。說不定他漏掉了什麼。「我……應該有吧。」

「應該有？」杜根用鼻子哼了一聲。「你自己不知道？」

這時候泰琳踏進走廊，拍手要大家安靜。「石川博士剛才吩咐下來，鯨魚救援行動的團隊任務報告，明天一早上課前要交。」

走廊上響起此起彼落的抱怨聲。泰琳對克魯茲眨了眨眼，開始把大家趕回房間去。伍迪克恩警衛護送克魯茲回到艙房。「看來我也需要去上上潛水課了。」他拉拉耳朵上的金環，開玩笑說。「不過說真的，我很高興你們全隊都沒事。」

「謝謝。」

亞米等在門口。克魯茲一進來，他立刻關上房門。

「終於到家了。」克魯茲癱倒在床上。

亞米走到他對面，在自己的床邊坐下。「所以呢？」

「跟莎樂常說的一樣。水喔，我沒事！」

「你姑姑呢？她有沒有說什麼？」

「我跟她說頭盔故障的時候，她反應有點激烈——」

「我是說紙條的事。」

「紙條？喔，你是說倫敦寄來的那個？」

「當然是倫敦寄來的紙條。」亞米的鏡框從薰衣草紫色的圓形變成深橘色正方形，還閃爍著紅色火光。「不然還會是什麼？」

「我說過不會告訴任何人了。」

「是沒錯，但我以為經過今天發生的事……唉，算了。」

克魯茲轉過來，用手肘支起身體。「亞米，你在氣我嗎？」他也不知道自己為什麼要明知故問。

「你今天差點就死了。」他的朋友厲聲斥責。「而且你跟我一樣心知肚明，海裡發生的事絕不是意外。我們再三檢查過裝備了。」

「大概吧，但你記得勒格宏先生是怎麼說的嗎：不管計畫得再周全，永遠都要考慮出錯的可能性。這件事有可能發生在我們任何一個人身上。」

「但是並沒有，它就發生在你身上。就跟那封信說的一樣。」亞米的下巴浮現一條抽動的青筋。「我不喜歡這樣，克魯茲。」

說實話，克魯茲也不喜歡。從事發到現在，他一直不願意去想有人在他的潛水裝備上動手腳的可能性。他坐起來。「亞米，我不知道那是不是意外。我只確定一件事，那就是多虧了你和庫斯托隊，我現在還在這裡。而我們接下來要前往斯瓦巴德。到了下星期的現在，我就會在種子庫找到第二塊密碼石，然後我們會再度上路，前往媽媽日記裡第三道線索指引的地方，不論那是哪裡。我們只要專心在這件事情上就好，好嗎？」

亞米挑起一邊眉毛。「我還是覺得——」

「對了，你右邊袖子怎麼是紅色的。」

「什麼？」亞米低頭看。「我的天啊！真的！真的是紅色！我還在想是不是我太生氣了，怎麼會看到紅紅的……我一定是觸發了盧氏錦……你知道這代表什麼嗎？」

「你得重新買一套制服了？」

「虹彩細胞真的有用！」亞米大聲高呼。「芳瓊說得沒錯。她說我應該換個方法試試看，與其開發可變形的纖維，何不試試看讓布料具備偽裝能力，就跟烏賊運用反射色素胞讓身體變色一樣，你知道吧？」

「烏賊？」

亞米衝向書桌，開始喃喃自語起來。「好，所以現在，我知道血小板有用。接下來要搞清楚塗層的確切厚度……這部分會很麻煩。塗太薄，不會有效果。塗太厚，衣服會爆炸……」

「晚安，亞米。」克魯茲偷偷笑了笑，小聲地說。

克魯茲想過打電話給他爸爸，但他真的累了。而且現在是考艾島的上午，他爸爸在高飛腳店裡一定很忙。他覺得明天一早起來，趁上課之前打給他比較好，那個時候家裡是晚上。克魯茲伸長手臂，抓起整齊摺好、鋪在床尾的海軍藍色針織毯，把毯子拉上來蓋住肩膀，轉身背對亞米。他讓頭陷進枕頭裡，手裡握著從頸間滑下來的密碼石。克魯茲從床邊的舷窗望出去。淡藍色的天空已經消失，烏雲正在船的上空聚集。

暴風雨要來了。

13

索恩・普雷史考特剛咬下薑汁雞肉三明治，突然感覺到振動。他從後口袋掏出手機，放在桌上，飛快環顧了一下戶外咖啡座。這時正值午餐時間，附近到處都是人。他迅速把手機移近餐盤，看到是斑馬傳來的簡訊。終於！

普雷史考特來到哈納列灣已經四天。兩天前，他趁馬可在顧店，悄悄溜進高飛腳樓上的柯羅納多家，搜索佩特拉的日記。他沒找到日記，也沒看到任何跡象顯示馬可・柯羅納多手上擁有這樣東西：沒有保險箱，沒有防火盒，就連銀行金庫的鑰匙也沒有。東西不在那裡。普雷史考特的手指在螢幕上方猶豫了一會兒。他一直在等這封簡訊向他證實克魯茲・柯羅納多已經被除掉了。而他終於可以把這件搞得狼狽不堪的事拋到腦後——嗯，至少等他除掉那個小鬼的爸爸以後……

普雷史考特喝了一大口冰茶，打開斑馬的簡訊：**任務失敗。聯絡我。**

普雷史考特一口茶差點噴出來。他一把將藤椅推離桌邊站起來，椅子發出憤怒的吱嘎聲。他抽出皮夾，在粉紅色扶桑花圖案的桌巾上扔了一張二十美元紙鈔，隨即直直走向隔壁他住的旅館。進了房間，普雷史考特撥通電話。「見鬼了，到底又出了什麼事？」

「不知道。我們在他的頭盔和呼吸調節器動了手腳，他應該會溺水的。」

普雷史考特搓揉著後腦勺的一個點，先前在學院總部，就是那裡挨了一記悶棍。「那個小鬼真是常常在走運。」

「我們還遇到另一個問題。」

「他沒死就算了，還有問題？」

「美洲豹說，那孩子有管道可以看到日記——」

「什麼？我以為你說船上已經搜過了。」

「是搜過了。我不知道他靠什麼方法——」

「了結這件事就對了。」普雷史考特大聲咆哮。

「我需要一點時間想新的辦法。」

「你的時間有限。」

「我在這裡要冒很大的險。」

「我們不都一樣嗎？」

「你不明白，這件事會危害到我努力得來的一切。」

普雷史考特聽出他的言外之意，口氣嚴肅起來。「你想要更多錢。」

斑馬沒有承認，也沒有否認。

「你要多少？」普雷史考特直截了當地問。

「兩成。獅子應付得了。」

「你這是在玩火，斑馬。」

「我們不都一樣嗎？」

普雷史考特結束通話。這下好了，屋漏偏逢連夜雨。不只他們的計畫接連失敗，現在斑馬還愈來愈貪婪。布魯姆肯定要大發雷霆了。普雷史考特知道他八成應該回華盛頓特區。不過，離開夏威夷之前，他還有最後一個地方還沒去找過。普雷史考特下樓穿過大廳，出了旅館之後左轉。夜晚摸黑闖進店鋪是很棘手的事。高飛腳位在一樓。如果能趁現在白天去探勘一番，看看會遇到哪些警報系統，晚上就好辦事了。

直走經過幾條街，他在馬路對面看到那塊紫色招牌。店面櫥窗裡有好幾尊小麥膚色的模特兒假人，戴著太陽眼鏡，斜靠著衝浪板，擺出酷帥的姿勢，展示身上的潛水防寒衣、短褲和T恤。他走進這家街角小店，門邊響起細碎的鈴聲宣告有客人上門。

「午安。」櫃臺後方一名健壯的黑髮男子出聲招呼。他穿了一件萊姆綠配黃色的夏威夷花襯衫，花色鮮明到讓普雷史考特雙眼刺痛。「想找什麼嗎？」

「你們有在出租衝浪用具嗎？」

「有哇，只要海象安全，適合衝浪，像今天就很不錯。你比較中意哪一種類型？短板？

長板？複合板？翼板？」

「呃……我得坦白說，這方面我還是新手。」

「看得出來。」男子咯咯輕笑。「我們店裡也不常看到牛仔靴。」

「你一定聽過一百萬遍跟我一樣的故事：大企業主管放棄充滿壓力的公司環境，換取置身天堂的簡單生活。」

「何止聽過，」男子兩手向外一攤，「我就在過這種生活。」

普雷史考特從容地笑了笑。「我也希望可以。」

「只要你願意努力追求，凡事都有可能。我都這樣跟我兒子說。」

「你有兒子？我也是，他今年十二歲。」

「真的？我兒子也十二歲，不過很快就要滿十三歲了。」男子做了個鬼臉，「恐怖哦，青少年！」

普雷史考特放聲大笑並伸出手。「我叫湯姆・倫敦。」

男子與他握手。「馬可・柯羅納多。對了，如果你有興趣，我也有在開衝浪課。」

「有，」普雷史考特說，「我絕對有興趣。」

14

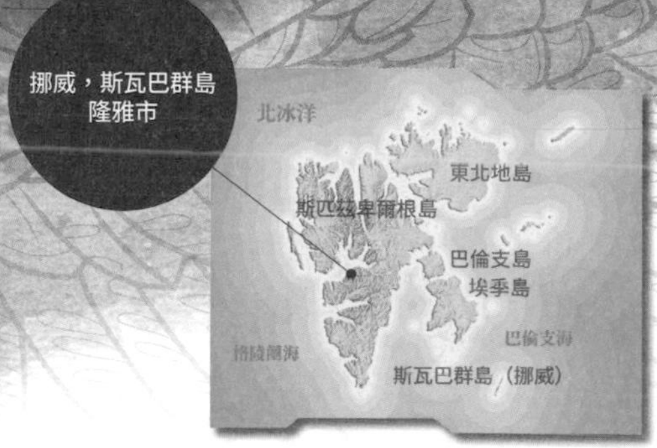

克魯茲站在舷梯最頂端，眺望位於斯瓦巴群島的漁村：隆雅市。獵戶座號抵達了人類文明分布最北的地點！離北極只有一千零四十公里，克魯茲以為隆雅市會是一個荒涼寂寞的地方：天寒地凍，寸草不生。結果不是。跟布蘭迪絲說的一樣，這裡很美，而且色彩繽紛。

他的視線掠過港口深青色的海水，望向可可色的潮灘，再轉往圍繞在這座港口城鎮四周的陡峭山坡，山頂白雪皚皚。而且放眼所及，到處都是紅色——紅色的屋瓦，紅色的小屋，紅色的建築。克魯茲心想，用這麼鮮豔的紅色，是不是為了幫助村民勇敢面對黑暗的冬天。現在才下午不到三點半，但落日已經把平頂的山脈染成一片嫣紅。今天當地日照大約只有六個小時。莫迪博士在地理課解釋過，再過兩星期，北極圈內就不會再看到日出。永夜期間，太陽會一直低於地平線，直到二月中旬為止。與春夏月份的永晝完全相反。到了永晝期間，太陽在這裡永遠不會落下。感覺一定很奇怪，克魯茲心想，生活在一個冬天沒有陽光、夏天沒有黑夜的地方。雖然奇怪，但是也很好玩。沒有人會跟你說什麼時候該上床睡覺，什麼時候該起床！一陣極地寒風像刀一樣切穿過他，克魯茲拉上捉迷藏外套的拉鍊。他把迷彩的那一面穿在外面，其他探險者也都和他一樣。這裡的氣溫在白天就已經幾乎不到攝氏零下十度，現在更是急速驟降。克魯茲聽到支吾不清的說話聲音。他身旁的亞米除了也把外套裹得緊緊的，還戴了奶油黃色附口罩的厚毛線帽，同色的厚圍巾，跟一雙簡直能給捕手用的厚手套。全身上下只剩眼鏡還看得見：兩個霧氣迷濛的粉藍色梯形。

「你是不是有說話？」克魯茲笑說。

他朋友拉下毛線口罩。「我說你還在等什麼——等日出嗎？我快凍死了！」

「抱歉！」克魯茲趕緊走下舷梯，走向排成一列停在碼頭邊的四輛小型電動自駕休旅車。他們的小隊分派到搭乘第一輛。他打開車門，莎樂和杜根已經坐在後排座位。布蘭迪絲坐在中間那一排座位的遠端。克魯茲連忙上車坐在她旁邊，亞米跟在後面也坐進車裡。他們扣好安全帶，幾分鐘後，石川博士坐進前排的乘客座。克魯茲看到姑姑坐上他們後面那一輛休旅車。等四輛車都坐滿人了，自駕車就出發穿越隆雅市。

布蘭迪絲說得沒錯，種子庫一般不對外開放。不過，石川博士認識一位海洋學家，那個人認識一位動物學家，對方又認識一位考古學家，而那位考古學家就在種子庫的設計團隊裡工作。好巧不巧，那個考古學家這個星期正好會待在鎮上，所以自告奮勇替探險者們帶一場私人導覽。

布蘭迪絲望著窗外。她已經脫掉了黑色手套，右手放在膝蓋上，食指輕輕敲著自己的節拍。

克魯茲靠過去，小聲地跟她說：「我一直想謝謝你，潛水好搭檔。」她從窗邊回頭，撥開垂落在臉上的一綹白金色頭髮。「我很慶幸不是只有我們單獨在海裡。你的頭盔我脫不下來，有一個插銷卡住了。莎樂最先趕過來，幫我把它解開。」

「幸好你的室友游得比我室友快。」克魯茲開玩笑，用下巴指了指亞米的方向。亞米像條毛毛蟲一樣，層層裹在衣服做的繭裡。亞米是很厲害，但他畢竟不是超級英雄。

布蘭迪絲沒有笑。事實上，她淡藍色的眼睛呆滯無神，幾乎就要哭了。

「沒事的。」他趕緊想辦法安慰她。「你看，我不是好好的嗎？」

「我那時候好害怕，克魯茲。我生平第一次這麼害怕。我以為來不及了。我以為你已經……已經……」

克魯茲沒有想過要做接下來的動作。只是自然而然就這樣……發生了。他本來擺在大腿旁邊的手，滑過去碰了她的手。布蘭迪絲在他的手旁邊彎起小指頭。克魯茲聽見自己的心臟撲通撲通地狂跳。她也聽到了嗎？

「到了！」石川博士高呼。「看到亮光了嗎？那就是種子庫。」

在他們前方大約一百公尺的山坡上，有一個明亮的正方形在暮色中晶瑩閃爍，發出藍綠色和白色的光芒。

「這件藝術作品名為『永恆回響』。」他們的教授說明。「挪威一位藝術家用鋼筋、玻璃，以及無數個三角形鏡片創作出這件作品，同時有上百盞LED燈，讓它入夜後也能夠發光。」

「你說得沒錯。」克魯茲靠向布蘭迪絲說。「看起來真的就像把一千顆星星抓下來，放進玻璃盒裡。」

聽到這句話，她的臉上重新浮現酒窩。她抹了抹眼淚。

車子開到寫著「全球種子庫」的簡單白色路標前，左轉離開主要幹道，停進一座停車場，停車場的空間只勉強容得下十二輛車。大家紛紛走下休旅車，踩著積雪跋涉穿越停車場，往又高又窄、從山壁一側突出

來的鋼骨長方形建築前進。種子庫的造型讓克魯茲想到聯結車的後半截，如果聯結車有六公尺那麼高的話。卡車般的入口末端，填滿亮晶晶三角形的正方體佔去上半段三分之一。水藍色與白色的光芒照亮底下一扇上鎖的大門，以及通向大門的鋼骨短橋。

一輛雪上摩托車橫穿過停車場，騎士熟練地迴轉，騎進一大群探險者旁邊的小空間，激起扇形的雪花，然後關掉引擎。一個男子拉開黑色連帽外套的絨毛帽子，用曬成小麥色的手掌向後攏了攏濃密的麥金色頭髮。「探險家學院，歡迎！」他的聲音洪亮得簡直能引發雪崩。「我是亞契．魯本，你們的種子導遊。」

大家都笑了。

魯本博士跨下雪上摩托車。石川博士向他自我介紹，然後介紹瑪莉索姑姑，三個人分別互相握手。「很感謝你答應帶我們進入種子銀行參

觀。」石川博士說，「對我們的探險者來說絕對是驚奇體驗。」

「樂意之至。」這位考古學家咧開大大的笑容，露出兩排白牙，跟他們腳下的雪一樣白。魯本博士有一雙鮮綠色的眼睛，眼角的魚尾紋很深，方正的下巴滿是鬍渣，鼻子微微勾起。他給克魯茲的印象是這個人一定熱愛戶外運動，而且是超越一般危險等級的運動，例如洞穴潛水或是定點跳傘。

魯本博士帶頭走上門前的短坡道，掏出一支鑰匙打開門鎖。「你們知道，我也曾經是探險家學院的學生。要不是當初有許多勇敢的探險家費心指導，我也不會有今天的成就。」

「比如在北極凍僵屁股？」杜根喃喃抱怨。

莎樂對他嘖了一聲。

克魯茲抿住嘴唇免得笑出來。

探險者跟著魯本博士走進種子庫，在隧道入口聚成一團。克魯茲伸長了脖子往同學四周東張西望。他看到兩張長凳，一排工程安全帽，跟一臺手推車。正前方是一條長廊緩緩向下傾斜。每隔大約三公尺，天花板就會垂下一盞輕鋼架白燈，照亮通道。

「出發之前，先介紹一點這裡的歷史。」他們的導遊背對狹窄的走廊，一邊倒退一邊說，「會選上斯瓦巴來興建末日種子庫，是因為這裡地處北極圈內，氣溫和永凍土層都是冷藏的絕佳地點。種子庫的儲藏室位在山脈內部將近一百二十公尺深的地方，所以即使冷卻系統故障，或像我們現在看到外面氣候劇烈變遷，種子儲藏室還是可以維持自然冰凍的狀態。種子儲藏在這裡，經過數個世紀應該還是能發芽生長……」

克魯茲感覺有一隻手搭上他的右肩。瑪莉索姑姑的另一隻手搭著亞米的肩膀。她暗示他們放慢速度，等其他同學經過。他們照著做了。莎樂也慢下腳步。

「進到種子儲藏室以後，找美國的貯藏箱。」瑪莉索姑姑壓低聲音對他們三個人說。「那地方不大，但是非常冷，所以沒辦法待太久。貯藏箱裡面，種子樣本都存放在一包一包的錫箔紙袋裡。密碼石有可能在任何地方，塞在箱子角落，甚至放在種子包裡。莎樂，你和我可能要充當干擾的角色，盡力防止其他人靠近，同時亞米和克魯茲負責搜索。」

「了解。」莎樂說。

瑪莉索姑姑看看亞米，再看看克魯茲。「記住，你們時間不多——最多十分鐘。」

他們點點頭。

探險者的隊伍抵達安檢站，魯本博士拿出卡片，刷過一個外型酷似信用卡刷卡機的黑盒子，並在小鍵盤上輸入了一組密碼。

「門好像是石墨烯做的，」亞米用氣音對克魯茲說。「幾乎等於刀槍不入。」換句話說，他們兩個不會有其他方法可以自行進入。

門後是一條寬大的圓頂鐵皮隧道。他們繼續深入山中，詭異的藍光照亮前方的道路。走了六十公尺以後，隧道豁然開朗，來到一間砂岩構成的石室。紅潤的牆面因為結冰，閃閃發光。克魯茲打了個寒顫。愈來愈冷了。

「全世界幾乎每個國家都有種子儲藏在這裡。」魯本博士說明。「這裡一共有三間儲藏室，總計能容納超過二十二億五千萬粒種子。」

克魯茲小聲吹了個口哨。真的是很多種子！

「目前只有中間的儲藏室存放了種子。」考古學家舉起一隻手。「現在想進去看看了嗎？」

「想！」探險者齊聲高喊。

「謝天謝地還有外套可以保暖。」亞米對克魯茲說。

「不知道這裡最低溫度是幾度。」克魯茲回答。

「我猜馬上就會知道了。」

「儲藏種子的理想溫度是攝氏零下十八度，等於華氏零度。」魯本博士說，戴了手套的手推開一道灰色結霜的門。

克魯茲感覺心跳加速。他伸手按住掛在脖子上的石片。再過幾分鐘，他們就會進入種子儲藏室，然後再過幾分鐘，他就會找到媽媽的第二塊密碼石了。這種答案揭曉前的緊張感簡直要逼死人！

他們通過第二道門和一道上鎖的柵欄，終於首度窺見儲藏室的內部。瑪莉索姑姑說得沒錯，裡面空間不大——寬約九公尺，長二十五公尺。五排鐵架向上延伸，幾乎快要碰到六公尺高的圓頂天花板。架上所有克魯茲看得到的地方，幾乎都擺滿盒子和箱子。

「這些容器看起來可能平凡無奇，但裡面裝的東西卻和黃金一樣珍貴——說不定比黃金還珍貴。」魯本博士的聲音在結冰的岩洞中迴盪。他踏進中間那排走道。「你們現在就站在全世界種類最多樣的糧食作物種子之間。我身旁的盒子，裝的是非洲來的玉米，這邊這個，是南非來的茄子，而那個呢，是亞洲的稻米。你們知不知道，糧食作物的生物多樣性已經減少到一個程度，大約只有三十種作物在供應全球百分之九十五的糧食？以美國來說，短短一個多世紀以來，蔬菜水果的種類已經少了九成以上。生物多樣性的不足，讓糧食作物更容易受到旱災、霜害和病蟲害的威脅。種子銀行之所以那麼重要，這就是一大原因。大家不必拘束，可以自由在走道間走動，讀一讀容器上的標籤，或者也可以跟我來，我會向你們介紹我個人最喜歡的幾種樣本。這裡還滿冷的，你們現在還不覺得，但很快就會感覺到了，所以我們不會停留太久……」

克魯茲和亞米奔向第一排走道，克魯茲從右邊找起，亞米從左邊。他們用眼睛跟得上的最快速度，飛快掃視容器上的標籤。克魯茲看到標示著南韓、哥倫比亞、愛爾蘭、瑞士和祕魯的貯藏箱，但就是沒有美國。瑪莉索姑姑在走道的另一頭盯著他們。亞米和克魯茲移向第二排的時候，他姑姑和莎樂也跟著移動。費咪一度往他們這裡走來，但莎樂不知道對她說了什麼，費咪又掉頭走了。呼！真是驚險。克魯茲和亞米不停搜索。加拿大、肯亞、以色列、澳洲——有了！美國國旗！架子最底層約有十二個白色貯藏箱和一個黑色箱子標示著美國，每個還都貼了星條旗貼紙。

「嘿！」克魯茲壓低聲音呼叫亞米過來，亞米還在後面六公尺遠的地方。克魯茲跪在地板上，伸手去拿其中一個白色的貯藏箱。

沒過幾秒，他的朋友已經出現在他旁邊。「不對，不是那個！是那個黃色蓋子的黑色箱子，那是檔案館的箱子。」

克魯茲猛抬起頭。「你說什麼？」

「我說……呃……拿黑色的那個。」

「你說**檔案館**的箱子。你怎麼知道檔案館的事？」

亞米挑高眉毛。「你又怎麼會知道？」

「我姑姑不小心……喂，是我先問你的。」

「我就是知道，可以了嗎？」

克魯茲臉色一沉。之前在學院，他們意外闖進合成部實驗室的時候，亞米也說過同樣的話。照這樣子來看，他朋友肯定知道很多祕密，更別說他對於從何得知這些祕密，老是守口如瓶、神祕兮兮的。克魯茲已經受不了這種猜來猜去的遊戲了。他們應該是朋友才對啊。

「所以到底是怎麼回事？」克魯茲繼續逼問。

「各位探險者！」石川教授叫喚大家。「請回到前面這裡集合。」

「不行！」克魯茲著急地吶喊。他一把拉出黑色貯藏箱，掀開鉸鏈箱蓋。箱子裡滿滿都是裝了種子的錫箔紙袋，整齊地排成好幾排。

「你從那一排開始，我找這一排。」克魯茲脫下手套說。

亞米也脫下手套。「我應該找什麼？」

「我也不知道。她的名字或我的名字，或是我爸的名字？」

「克魯茲，時間不夠。這裡面起碼有一百包——」

「快找就對了！」

他們開始快速翻看封口。

「不對。」亞米每翻一個就說一聲。「不對，不對，不對……我的手指頭快沒感覺了。」

克魯茲的手也開始發麻。

莎樂奔向他們。「你們兩個，動作快點！」她用氣音催促他們。

「我們找不到的，克魯茲。」亞米說，「這裡太多了。」

克魯茲瞥見其中一包封口寫的文字，全身瞬間僵住：**太陽出來了**。

「克魯茲，你有沒有聽到？我們得離開——」

「找到了！」克魯茲抽出那個紙包。

「不會吧，你怎麼可能——」

克魯茲在亞米眼前晃了晃封口標籤。

「媽媽最喜歡的歌。」

「幸好是你找那一排。要是我一定會直接跳過。」

「今天算我走運。」克魯茲說。他撕掉拉封，用拇指打開鋸齒狀的袋口，把袋子倒過來，等著黑色的小石塊掉到他的手上。沒有東西掉出來。

「動作快！」石川博士已經在拍手催促了。「我們該走了！」

「不對，不可能！一定在這裡的！」克魯茲舉高手臂，瞇著眼睛看銀色的保護袋裡面。他搖了搖袋子，這一次確實有東西掉出來：一根黑白相間的羽毛。條紋相間的羽毛乘著一縷微風，在亞米和克魯茲之間盤旋了一會兒才慢慢往下飄，飄呀飄的降落在冰冷堅硬的地面。

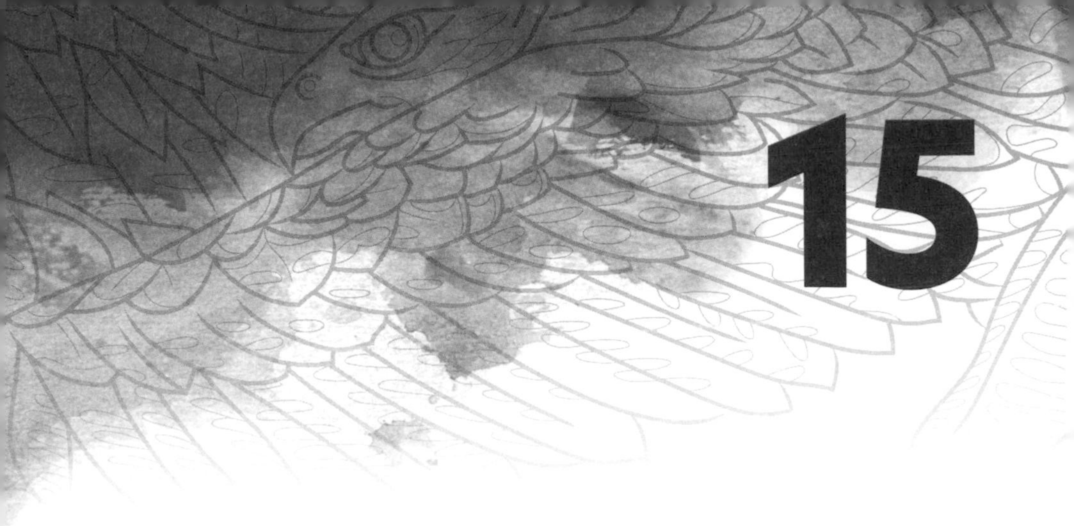

15

「羽毛？」蘭妮皺起鼻子。「就只有那個？」

「就只有這個。」克魯茲把羽毛拿近相機，讓她看個仔細。「石川教授認為這是矛隼的羽毛。」

「什麼隼？」

「矛隼，是一種獵鷹。」亞米說。

克魯茲搖搖頭。「我也從來沒聽過。」

「那是北極地區的一種鳥類，是地球上體型最大的隼。」莎樂解釋。

「好酷。」蘭妮說，「所以說，獵鷹的羽毛有什麼含義嗎？」

從兩天前離開種子庫到現在，克魯茲也絞盡腦汁一直在想這個問題。先前所有線索都指向密碼石會藏在種子袋裡，結果發現不是，當下的失望真的差點把他擊垮。「沒有線索，想不出來。」他回答。

「一定象徵了什麼吧。」蘭妮堅持。「我想想看……羽毛會飄……羽毛會豎起來。只要我們仔細想過一遍，我相信一定能想出來。」

克魯茲喪氣地哼了一聲。他從星期四開始就整天都在想。

現在腦袋裡已經什麼靈感都不剩。

「羽毛相同，物以類聚……輕如羽毛……羽毛可以做筆……」蘭妮還在腦力激盪。

「嘿，你媽媽不是還提到一個叫芙麗雅的人？記得嗎，她說──」

「要是遇到麻煩，就去找芙麗雅・斯可洛克。」克魯茲早就倒背如流。

「那就對啦，如果這還不叫麻煩，我不知道什麼才算。」蘭妮用手指繞著一束頭髮。

「你現在只要──」

「上網搜尋。」莎樂替她接完句子。「發現沒收穫，就再去搜尋格陵蘭、冰島、挪威、瑞典、丹麥、芬蘭、法羅群島，還有阿蘭德群島的人口資料庫。」

克魯茲嘆了口氣。「猜猜我們過去四十八小時都在做什麼？」

「我們找到芙麗雅・斯凱伯、芙麗雅・斯可拉。」亞米說，「還有一個在斯德哥爾摩的叫什麼？」

「芙麗達・斯卡爾。」莎樂說。

蘭妮皺起眉頭。「你們的意思是……？」

「根本沒有叫芙麗雅・斯可洛克的人。」克魯茲衝口而出，他原本語氣沒打算這麼兇，但他太沮喪了。「七年前說不定真的有，但現在已經沒了。她要嘛不是這個地區的人，要嘛就是搬走了，再不然就是──」

「她嗝屁了。」又是莎樂。

「死了？」蘭妮吃了一驚鬆手，捲成一束的頭髮立刻散開。「涅布拉做的？」

「十之八九。」亞米說。

「只是有可能啦。」克魯茲糾正他。

「你們真的卡關了。」蘭妮說。

克魯茲用大拇指和食指捏著羽毛旋轉，直到黑白條紋化成一團灰色。「你說對了。」要是克魯茲能先跳過這塊密碼石，之後再回頭來找就好了。但他們都知道不可能。他母親在日記裡說了，要讓她確認過第二塊密碼石是真的，才能解開第三道線索，以此類推。他必須照順序來。現在克魯茲不知道下一個地方要去哪裡，沒有具體指令的情況下，艾斯坎達船長沒得選擇，只能返回原本預定的航線。獵戶座號現在正朝西南方航行，穿過挪威海前往冰島，離開斯瓦巴，說不定也就這樣離開了第二塊密碼石。

克魯茲看看他這幾個朋友，個個低頭滑著平板電腦搜尋人名。亞米原本可以去研究他的盧氏錦，莎樂可以去菜園收成蔬菜，但是兩個人卻都把星期六耗在這裡，重複確認人口資料庫裡有沒有芙麗雅・斯可洛克這個名字。蘭妮輕啃指關節，這是她動腦思考的習慣動作。大家看起來都和克魯茲的心情一樣，壓力重重。他把羽毛放到床頭櫃上。「蘭妮，謝謝你的愛心包裹。」

「什麼？喔對……不客氣。」

「裡面的東西都很棒。」嗯，雖然他只分到一點點。他的兩個朋友倒是都沒客氣，吃得很開心。

「果凍超好吃的。」莎樂說。

「我最愛香蕉麵包。」亞米補充。

「你當然最愛，」克魯茲挖苦地哼了一聲，「我好像才吃到一塊——」

「抱歉啊，餅乾有點烤焦了。」蘭妮說。

「有嗎？我都沒發現。」克魯茲善意的謊言引來亞米的白眼。

「真的嗎？因為黑屈說咬起來偏脆——」

他一時間僵住。「黑屈？」

「我剩下一些裝不進盒子裡，所以……」

「你就給了你男朋友。」他還來不及阻止自己就脫口而出。

「克魯茲！」

他知道聽起來像在吃醋，可是他沒有。好吧，也許真的有，但那不是因為他想當蘭妮的男朋友。他對她的感情是更深的境界，是超越迷戀的。黑屈每天上學都能看到蘭妮。可以跟她去騎馬，聊機器人，吃她烤焦的餅乾。可以和她做朋友。說不定不用多久，這個陌生名字的陌生孩子，就會變成她最好的朋友。克魯茲知道就算跟她發脾氣也沒有任何幫助。

「對不起，蘭妮。我不是故意這麼說。」

她把月塵色的髮束撥到耳後，淺淺一笑。「沒關係。」

克魯茲的通訊別針叮一聲響起。「芳瓊呼叫克魯茲・柯羅納多。」

他向前坐直。「克魯茲收到。」

「你方便來一趟科技實驗室嗎？」

「沒問題，什麼時——」

「現在，如果可以的話。」

「我馬上到。」克魯茲瞥了室友一眼，見到亞米露出懇求的眼神。「我可以帶亞米和莎樂一起去嗎？」

「呃……好吧，但不要再多帶別人了。」

「呃……好。」他看了看蘭妮。「克魯茲，通話完畢。」

「還真神祕。」蘭妮說，「不知道她找你做什麼？」

「我們回來會告訴你。」克魯茲拿起羽毛，放進制服正面口袋。「走吧。」

三個人只花不到五分鐘就來到第四層甲板的科技實驗室。希橘兒前來迎接他們，她和平常一樣穿著筆挺的白色實驗袍，彎著手肘捧著平板電腦，

「有什麼事？」克魯茲問。

「事態發展很有趣。我請芳瓊來告訴你們。」希橘兒轉身面向廣大的隔間迷宮。「芳瓊！他們來了！」

一隻手臂出現在迷宮中央。「哈囉——！」

克魯茲、亞米和莎樂左彎右拐走向她。進到她所在的小隔間以後，克魯茲看到鯨通頭盔擺在工作臺上，線路連接到三角形的黑色電腦。「感謝你們這麼快趕來。」芳瓊說。她依然戴著豹紋頭巾，身穿牛仔褲配一件紅色罌粟花圖案的黑色和風短掛，腳上是一雙黑色夾腳拖鞋。「我做了一些檢查，想找出造成頭盔故障的具體原因。我花了一點時間，但追蹤後發現，我的程式有漏洞，可以注入程式碼到鯨通內部。有人上傳惡意軟體，指示鯨通在翻譯程序中止以後，立刻中斷運作中的循環呼吸系統。」

克魯茲皺眉。「你的意思是說……」

「蓄意破壞。」

克魯茲手臂上的寒毛豎了起來

「我就知道。」亞米氣憤地說。

莎樂緊握雙手。「你確定嗎？」

「非常確定。」科技實驗室主任說。「不管是誰，做這件事的人絕不是新手。我們花了好天才找到惡意軟體。對方藏得很好。」

而且衝著我來，克魯茲心想。

「故意毀壞我的研究成果已經很壞了，還差點害死了探險者？這種事我不能接受，也絕不饒恕。」

克魯茲很想告訴她，她完全想錯了。對方的目標是他，她只是無辜被牽連到。但要是真的說出口，他就得解釋原因。「沒關係啦，芳瓊。」他說，「這不是你的錯。」

「我應該事先抓出病毒的。這是我的工作，我應該——」

「你不可能想到會發生這種事。」克魯茲也曾是駭客的受害者，差點因此賠上在學院的資格。他也跟芳瓊一樣曾經責怪自己，彷彿他總該有辦法預防朗蕭・麥基崔克害他似的。

「我會寫一份初步報告，交給船長和海陶爾博士。」芳瓊說。「希橘兒和我繼續調查的同時，想請你們配合保密，先別張揚這件事。蓄意破壞的人說不定就在獵戶座號上，我不希望走漏風聲。」

克魯茲、莎樂和亞米點頭。

克魯茲踮起腳尖，環顧到處都是可燃化學物質、精密實驗和沉重設備的實驗室。他很想警告芳瓊，在有涅布拉的人出沒的地方打探消息，可能會招來生命危險，但他再度選擇沉默。他透露得愈多，就得解釋愈多。更何況，芳瓊知道得愈多，處境可能反而愈危險。

克魯茲一手按住頭盔。「不過，你能把鯨通修好對吧？」

「是可以，但是——」芳瓊嘟噥，「我不確定該不該修。如果在循環呼吸器的電腦系統裡加裝鯨通，會讓系統更容易被駭的話，我或許有必要重新思考這項科技——」

「你一定要修好它。要是我在海灣跟鯨群說話時你也在場，你就會看到翻譯機的功能有多棒。那是我生平遇過最神奇的事。我還開始在考慮要把鯨豚保育當成我未來的志向。」

「那真是太好了，克魯茲，真的。但是……」

「但是」兩個字懸在半空中，像一支慢動作向前飛的箭。克魯茲好討厭這兩個字。接在後面的很少會是什麼好事。

「芳瓊？」克魯茲用力嚥下口水。「你要就這樣放棄鯨通？」

她搖頭，但只搖了一下。克魯茲從她糾結成一團的表情看得出來，她的內心在拉扯。芳瓊・奎爾思正在考慮放棄她歷來做過最重要的研究——那說不定也是她這一生最重要的研究成果，而這都是因為他。可想而知，克魯茲不能說。對眼前這一位聰明的科學家，他是既喜歡又崇拜，她了不起的發明改變了他的人生，還有可能改變他的未來，可是他什麼都不能對她說。

這真是一大折磨。

「**老弟，你想把船殼打穿一個洞嗎？**我說第二遍了，那個是船尾的機器手臂，不是左前側的攝影機。」

克魯茲把手縮回來。「抱歉，崔普。我大概是心不在焉。」

「我想也是。」崔普從雷利號的副駕駛座上伸手點按電腦螢幕。「我們今天練習得夠多了。不如把充電器關掉，今天就先到這裡吧？」

克魯茲抹掉眉毛上的汗珠，轉身去確認儀表板。指針顯示潛水艇的太陽能電池已經充飽電。他關閉充電裝置。再轉回來的時候，崔普直直看著他，雙手交叉在胸前。「想聊一聊嗎？」

「你是說，聊……機器手臂嗎？」

崔普摸了摸下巴。「我是說，聊聊你在煩惱什麼事。」

「我沒有什麼煩惱。」

「別嘴硬了。是什麼事？學校功課？朋友？」他挑了挑眉毛。「還是哪個妹子？」

克魯茲感覺自己臉紅起來。才不是因為女孩子。「不是！」

「那你在煩惱什麼？」

「我也不知道……我只是……」克魯茲很想把他的煩惱告訴崔普，但心底又有個聲音阻止他。也許瑪莉索姑姑說得對，崔普也是獵戶座號船上願意幫助他的人之一，但他還是必須謹慎提防。他覺得或許能找個方式告訴崔普，但又不必透露實際狀況。「發生了……意料之外的事。令人非常失望。我覺得很失敗。」

「哦。」他那頭亂蓬蓬的棕髮點了一下。「我也遇過那種事，真不幸，很遺憾。」

聽到像崔普這麼有成就的人也有失望的時候，讓他稍微安慰了一點。

「對於這一件……失望的事，」崔普刺探地問，「你能做什麼嗎？」

「我覺得沒有。至少現在沒有。」

崔普突出下唇。「依我看，既然現況沒得改變，那多擔心也沒意義。」

他說得可真簡單。當然了，這個隨遇而安的潛水艇駕駛員不會曉得克魯茲遇到的麻煩有多嚴重，又會影響多少事情。「我大概，」克魯茲說，「只是不想讓大家失望。他們都對我寄予厚望……我爸爸、我姑姑、海陶爾博士……」

「但是你媽媽不會。」

「什麼？」

「你沒有提到你媽媽。」

克魯茲感覺心底一股刺痛。「嗯，因為——」

「因為你不可能令你媽媽失望。每個孩子都一樣。不管你做什麼，她還是會永遠愛你。」

可是她會嗎？要是他永遠找不到密碼，他媽媽會諒解嗎？迷你潛水艇裡的空氣彷彿突然被抽光。

「你還好嗎，老弟？」崔普盯著他看，「我是不是說錯話了？」

「不……沒有，我沒事。」克魯茲站起來，艙裡所有東西頓時都在旋轉。他深呼吸了兩次。「我……我得走了。今天是……呃……遊戲日，我二十分鐘內得趕到會議室。」

「好。下星期再見。」

「你是說我還可以再來？我今天還不算搞砸得太慘？」

「不用擔心。你是很好的駕駛員，克魯茲。只要記住把心思專注在當下，做眼前該做的事就好。想太多只會……害你想太多。」他笑出來。「別說這句話是我說的。回見。」

「回見。」

回艙房的路上，克魯茲在泰琳的門前停下腳步。他覺得很累，不太有心情玩遊戲。假如他多懇求一下，泰琳說不定會允許他不必參加今天安排的活動。她也有可能不答應，不過值得試試看。他敲了門。

「請進！」

克魯茲探頭進去，看到泰琳站在書桌旁，手裡拿著平板電腦。哈伯蹦蹦跳跳跑過來，克魯茲伸手去搔小㹴犬的耳朵。

「我正想叫你來。」泰琳說，「你的芝麻開門手環警告我，說你發燒了。」

克魯茲把手腕伸到面前檢查手環。「我發燒了？」

「沒錯——攝氏三十七點六度。」

「我沒覺得不舒服。一定是虛驚一場。我的 OS 手環大概壞了。」

泰琳大步穿過房間，伸手摸他的額頭。「我覺得很像攝氏

三十七點六度。」

他乾笑一聲。她怎麼可能一摸就知道。「我剛才在潛艇室，那裡很熱——」

「喉嚨痛？」

「沒有。」

「鼻塞？」

「沒有。」

「頭痛呢？」

「沒有。」他感覺額頭一陣緊繃刺痛。「可能有一點點。」

「我請主廚替你特調一杯蔬菜汁，可以打擊你體內正在對抗的任何細菌。」

「蔬菜汁？」他吐吐舌頭。「泰琳，我覺得不用——」

「回床上躺著，探險者。」她推他轉身面向房門。「帶哈伯一起回去。牠很會照顧人。我會監看你的體溫心跳，晚點給你送晚餐過去。你如果覺得更不舒服，一定要立刻聯絡我或醫務室。」

「我確定沒什麼——」

「這是命令。」

克魯茲累得沒力氣反駁。他拍拍大腿。「來吧，哈伯。」小白狗迫不及待地小跑步跟著他走上走廊。

克魯茲回到房間，換上睡衣，鑽進毯子裡。他拍拍床墊的左半邊，哈伯跳上床，但沒有窩在克魯茲的腰側，反而占走了大半個枕頭。亞米離開房間去參加泰琳的遊戲日活動以前，咕噥了幾句會幫克魯茲帶一杯蔬菜汁回來之類的話。太好了。兩大杯綠色黏液等著他喝！

透過舷窗，克魯茲可以看到天空呈現蜜桃般的粉紅色。太陽正要西下。他閉上眼睛，可是雖然筋疲力盡，思緒四處漂游，睡意卻遲遲不來。崔普的話揮之不去。**你不可能令你媽媽失望。每個孩子都一樣。不管你做什麼，她還是會永遠愛你**。他說得對。克魯茲知道就算找不到她的配方，他媽媽也不會責怪他的。不過明白這一點反而卻讓他心情更差。她為了那個血清犧牲了一切。而她只要求克魯茲一件事，她唯一要求他的一件事，他卻做不到。

克魯茲彎曲手指，握住貼在胸前的黑色大理石片。石片的每個弧度和凹口，他都已經了然於心。他開始懷疑這會不會是他唯一能找到的一塊。

「播放音樂。」他對著擱在床頭櫃上的平板電腦說。「《太陽出來了》。」

每次他們全家開車出去，他媽媽在車上電腦點播的第一首歌永遠都是這一首。他們會一起放聲高唱。媽媽會配合音樂用手指在方向盤上敲節拍，克魯茲則會在兒童座椅裡上下舞動。用歌名來標記種子袋真是聰明。只有克魯茲和他爸爸會知道。但是羽毛……

那就不一樣了。克魯茲不知道其中的涵義。說不定永遠不會知道。

黑夜漸漸籠罩船隻。夜色慢慢將他吞沒，克魯茲轉頭把臉頰貼在哈伯的背上。他覺得心痛。無助。迷惘。他們很快就要離開挪威，而他還不清楚接下來該去哪裡。

歌曲播畢。克魯茲感覺到他的頭底下，狗兒的呼吸和緩地一起一伏。所有探險者都不在，在這片寂靜當中，他很慶幸還有這隻小狗陪他。要是孤零零一個人，他恐怕會受不了。

「媽媽，我好希望你能幫我。」他把頭埋進哈伯柔軟蓬鬆的狗毛裡啜泣。「我好迷惘。我該怎麼做？」

但是沒有人回答。

16

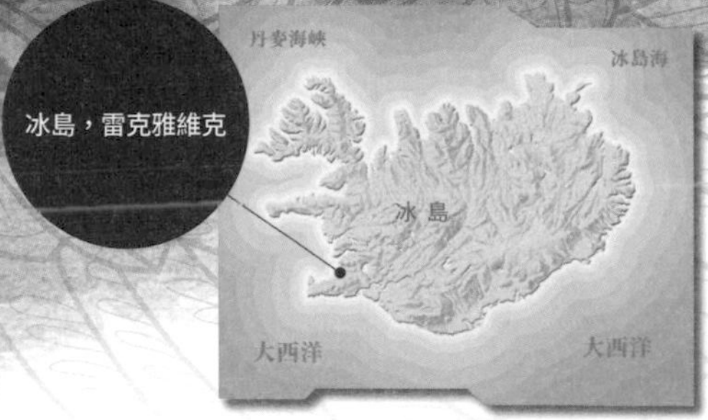

接下來兩天，克魯茲盡最大努力聽從崔普的建議，把心思專注在當下，專心做眼前該做的事。而他該做的事就是學校功課。在勒格宏先生的體能與求生課堂上，克魯茲完成了生平第一次的冰川健行。算是吧。他們的教練在迷你洞穴裡設定程式，模擬冰島最大的冰川：瓦特納冰原。探險者在模擬器裡練習穿釘鞋在冰上行走，用冰斧探查雪地上的冰縫和雪橋，也練習用繩索打蝴蝶結把彼此綁在一起。

在瑪莉索姑姑的人類學課堂上，克魯茲學習使用「攜帶式文物符號與數據辨識器」，暱稱熊貓機。這個裝置是芳瓊的另一項發明，外型像對半剖開的西洋梨，能告訴你世界上任何文物的類型、出處和年代。那堂課本來也很好玩，直到杜根站起來，揮舞著熊貓機，不假思索脫口說出：「柯羅納多教授，既然以後都要用這玩意兒了，為什麼還要學地層學和樹輪年代學那些垃圾？」此話一出，全班立刻挨了一頓嚴厲的訓話，姑姑大力說明研究人類活動紀錄的考古學是一門偉大而光榮的學問，探險者一定要認識所有的基本研究方法。訓話一共持續了十四分鐘，詹恩偷偷計時。

到了星期三，泰琳和亞米星期天逼克魯茲喝下的蔬菜汁，殘留在嘴巴裡的滑膩口感總算消失得差不多了。再加上不久就能看到冰島，他覺得幾乎又恢復到先前的自己。幾乎啦。克魯茲不是唯一期待船隻靠港的人。那天下午，班乃迪克教授簡直是用飛的進教室。「你們聽說了嗎？我們明天就會到雷克雅維克！希望大家和我一樣期待你們第一份真正的新聞學作業！」

海牛教室裡爆出一陣掌聲。克魯茲也想加入鼓掌，因為他的確也很興奮。但他還是忍不住擔心，他是不是離下一塊密碼石愈來愈遠。

「今天的預習作業是收集冰島的背景資料。」新聞學教授說，「現在就來聽聽看大家有什麼發現吧。費咪，你先開始好嗎？」

費咪清清喉嚨，拿起平板電腦。「雷克雅維克是全世界最北的首都，位於冰島西南海岸。九世紀開始有維京人在島上開墾定居。冰島的面積約十萬平方公里，比美國肯塔基州小一點點。冰島又稱為冰與火之島，因為島上有非常多間歇泉、溫泉、熔岩原、火山和冰川。島上的動力幾乎全部來自可再生能源，例如地熱和水力……」

「有一件事很奇怪。」亞米小小聲對克魯茲說。

「什麼事？」

「我頻頻想起你媽媽說的那句話，『要是遇到麻煩，就去找芙麗雅・斯可洛克。』」

「這句話怎麼了？」

「她不是說去見芙麗雅・斯可洛克，也不是說去**查**芙麗雅・斯可洛克。她只說去找芙麗雅・斯可洛克。」亞米用指甲輕敲門牙。「也有可能是我過度解讀。」

「不，我好像懂你的意思。」克魯茲坐正。「她說的不是某個人，而是去找一個地方。」

「沒錯。」

「你覺得芙麗雅・斯可洛克會是一條街嗎？」

「或是公園、商店、餐廳。**任何地方**都有可能。」

「我們要是有人會冰島語就好了。」

亞米把頭歪向坐在他們前方的金髮女孩。「可以問布蘭迪絲呀。」

「我覺得不好——」

「問我什麼？」布蘭迪絲已經把椅子轉過來了。

克魯茲沒發覺原來他們講得這麼大聲。「沒事——」

「沒關係，真的。我很喜歡北歐神話。」

亞米皺起眉頭。「你怎麼會覺得我們在聊北歐神話？」

「你們提到芙麗雅・斯可洛克，所以我想說——」

「芙麗雅・斯可洛克是北歐天神？」克魯茲問。

「是女神。」她咯咯偷笑。「而且沒有斗篷——她就叫芙麗雅。」

「啥？」

布蘭迪絲豎起手指，要他們稍等。一分鐘後，她把平板電腦遞給克魯茲。螢幕上有一幅圖畫，畫中是一名高挑美麗，留著金色長髮辮的女人。身穿飄逸的白紗長裙，脖子戴著金色項鍊，墜子中心是一枚琥珀，還披了一件羽毛披風。圖片下方的說明文字寫著：**芙麗雅，象徵愛與美的北歐女神，能用隼羽編成的魔法斗篷幻化成鳥在空中飛翔**。

亞米和克魯茲對望了一眼。克魯茲的媽媽說的不是「芙麗雅・斯可洛克」，是「芙麗雅的斗篷」。兩人緩緩露出微笑。

「克魯茲？」班乃迪克教授在叫他。

他吐吐舌頭。「抱歉，我……我沒聽到。」

「我不意外。」她繃緊下顎。「你何不跟大家說說看，你發現什麼關於冰島的事是我們還沒聽過的呢？請起立。」

「欸……好……」他的思緒還在運轉。克魯茲站起來。「我……呃……想說要認識一個國家，最好的方法就是實際跟生活在當地的人聊一聊，所以我訪問了布蘭迪絲。」看到班乃迪克教授冷冰冰的表情稍有融化，克魯茲繼續說：「她的父母在雷克雅維克經營衝浪和生態探險旅行團。大家一定想不到在冰島這麼冷的地方，衝浪居然也會大受歡迎，但這是真的。很多人從世界各地來冰島衝浪。順帶一提，**冰島其實沒有那麼冷**。噢，布蘭迪絲還跟我說，每到夏天，她都會幫忙叔叔做黑麥麵包賣給遊客。麵包放在地底下烘烤，因為你們知道，冰島有地熱溫泉嘛。他們在湖岸挖個洞，把裝在鐵桶裡的麵團埋進去，地底的熱水就會把麵包烤熟！當然，悶烤需要一點時間，大概一兩天，因為水溫只有攝氏九十三度。那種麵包叫作……呃……」他低頭望向布蘭迪絲尋求幫助。

「茹布雷斯。」她提示他。

「茹布雷斯。」他跟著唸。「還有，冰島大部分的人都沒有姓氏。他們的姓是爸爸的名字再加上冰島語的『女兒』或『兒子』，就看你是女生或男生。像布蘭迪絲・約恩多特，意思是布蘭迪絲是約恩的女兒。她的哥哥或弟弟就不一樣，他們會姓約恩森，因為是約恩的兒子。布蘭迪絲說大家多半直呼彼此的名字，不會再加『先生』或『小姐』等等稱謂。就連學生也都是直接叫老師的名字。想想看，那不是很棒……」他停下來。不行，他還是別冒險的好。「欸，班乃迪克教授？」

「很不錯。」她笑了笑。「謝謝你，克魯茲。」

克魯茲坐下之前，對布蘭迪絲挑了挑眉毛，像在問她，**我表現得怎麼樣？**她用力點了個頭。「非常好！」

「現在各位對冰島的背景都有一點認識了。」教授說，「等船靠岸以後，你們的小組任務就是要選擇一則新聞故事，反映冰島目前面臨的問題。可以關於文化、經濟、環境——任何你們喜歡的題材。不過，要用攝影記者的身分敘述這個故事。這表示你們只能使用腦控相機。不用文字，只有照片和影片。詹恩，請說？」

「我們要交幾張照片和幾段影片？」

「看你要報導的這件事需要用到多少，不用太多，也不能太少。」

快下課前，課堂氣氛慢慢放鬆下來，克魯茲在平板電腦的搜尋列打上**芙麗雅的斗篷**。

「我查了。」亞米小聲地說。他把平板螢幕斜過來，讓克魯茲能看到上面的文字：**芙麗雅的斗篷野生動物急救站**。

克魯茲看到急救站的標誌，頓時屏住了呼吸。標誌正是一隻矛隼。網站上的地圖顯示，急救站就在雷克雅維克西方，距離只有幾公里。他簡直不敢相信！

「你要寄電子郵件過去嗎？」亞米問。

「不，我應該自己去一趟。你會跟我一起去吧？」

亞米的眼鏡變成黃色、萊姆綠和粉紅色交錯旋轉的風車。「那還用問。」

「我會把這個發現告訴我姑姑，你可以跟莎樂說嗎？」

「沒問題。」

「亞米，你能不能再幫我個忙？」

「照樣沒問題。」

「下次我媽媽告訴我線索的時候，記得提醒我叫她把字拼出來。」

亞米還來不及摀嘴，已經噗哧一聲笑了出來。

隔天下午，克魯茲又出現在亞米身旁。

這一次，他們在走廊外，莎樂站在兩人中間，看著獵戶號緩緩駛進雷克雅維克港。三個人穿著厚外套，並肩站在欄杆邊。全世界最北邊的首都，這是他們看到這座熙來攘往的城市的第一眼。圍繞著這座城市的海水和山脈，映照在獨棟公寓的玻璃帷幕和大樓的窗戶上。純白色的教堂尖塔突出於一排排整齊的方形房屋上方，這些房屋的色彩甚至比斯瓦巴的還要繽紛。鮮豔的黃、紅、橘、藍色屋頂，讓克魯茲想到新上漆的娃娃屋。海灣對面，山頂覆蓋白雪的梯形山丘聳立在遠方，他們已經漸漸習慣在北歐看見這樣的景色。

亞米指著一座六十公尺高的階梯式灰色尖塔，高高聳立在往四面八方蔓延的城市上方。「那個一定就是哈爾格林姆教

堂。」

「你用十倍速度唸唸看。」莎樂開玩笑說。

亞米嘻嘻一笑。「那是冰島最高的建築物。」

「我相信你。」她舉起雙手表示毫不懷疑。幸好。克魯茲可不希望他們又重新上演一遍玩猜謎尋寶遊戲時的爭執。

「布蘭迪絲回到家鄉一定很開心。」克魯茲說，「欸……話說她到哪兒去了？」

「去找泰琳了。」莎樂回答，「她們正在規劃大家今天晚上的用餐地點。她的家人會在斯伐達柯圖迎接我們。」

「斯巴達什麼？」克魯茲問。

「不是斯巴達啦，是斯伐達柯圖。」莎樂解釋，「好像是黑貓的意思。總之只是這裡的一家在地餐館。」

「哦，懂了。」克魯茲回答。

一切都安排就緒。等船一靠岸，克魯茲、亞米和莎樂就會前往芙麗雅的斗篷取回密碼石，然後回來吃晚餐，睡上一夜好覺，做好準備迎接明天的任務。

庫斯托隊已經決定好攝影採訪作業的主題了。「現在全世界的冰川都在融化。」布蘭迪絲告訴他們，「我們在冰島，每年消失大約一百億公噸的冰。像斯卡夫塔冰川，我們家最喜歡的健行地點，因為融化得太快，再過不久就會消失不見……」

「太慘了！」莎樂說出他們所有人的心聲。

「我們有大約兩百五十條冰川，很難想像在一、兩個世紀內就會全部消失。」她的臉上掠過一道陰影。「對冰島人來說，失去冰川，也等於失去一部分的自我認同。」

「我們就來報導這個。」克魯茲說。

亞米和莎樂都同意。

「怎麼報導？」杜根哼了一聲，「又不是可以站在冰川旁邊慢慢看它融化。」

「如果可以找到一些舊影片和舊照片，跟我們登上冰川拍的新照片並排在一起，比較過去和現在——你們懂我的意思吧？」亞米提議。

「我表姊在雷克雅維克的國立博物館工作，」布蘭迪絲說，「應該可以幫忙找出一些歷史圖檔。」

就這麼定了。庫斯托隊要用照片報導冰島失去冰的故事。

亞米用手肘推推克魯茲。獵戶座號已經抵達碼頭。船員正忙著繫緊船繩，放下舷梯。三個人抓起手套圍巾，不發一語就衝出艙房，奔下走廊。克魯茲想起在開始有人問東問西之前下船。他帶頭衝刺，跑下舷梯，來到了碼頭。克魯茲點一下內建全球定位系統的地球別針，說：「搜尋步行距離內的自動駕駛車出租服務——」

「你們這是要去哪裡？」

「瑪莉索姑姑！」她雙手叉腰，擋住他的去路。克魯茲關閉定位系統，回頭看了一眼船的方向。「你是怎麼——」

「怎麼知道你不等我就想自己偷跑？天啊，我還真不知道呢。」她用手指點著下巴。

「就當我亂猜的吧。」

她太了解他了。

「走吧。」她說，「我已經叫好車了。」

他們鑽進停在碼頭入口的一輛小自動駕駛車。

「請到芙麗雅的斗篷野生動物急救站。」克魯茲對電腦說完，車子隨即出發。小車穿梭在雷克雅維克小角度的街道間，路上滿是克魯茲從船上眺望碼頭看到的五彩繽紛的旅館、商店和住家。到了市郊，道路逐漸寬闊，建築物也變得比較現代。他們路過一處工業區，緊接著是好幾公里岩石嶙峋的海岸線，最後轉彎下了公路。一條狹長的車道引導他們來到貌似穀倉的房屋前，房屋漆成灰綠色，裝飾著白邊。大門上方有一塊橢圓形的木頭招牌和一隻木雕矛隼。矛隼張開巨大的翅膀環抱著一行字：**芙麗雅的斗篷野生動物急救站**。

克魯茲第一個跳下車。他衝上門口臺階，走進那棟房屋。

「午安。」見到他們進門，櫃檯後方一名年輕女生出聲招呼。她身穿藍色法蘭絨襯衫配牛仔褲，金髮向後梳，在耳後綁成兩條小辮子。另一張辦公桌旁有一個瘦瘦的黑髮男生，大學生年紀，穿橄欖綠色的軍裝外套，頭戴一頂漁夫帽，上面別滿各國國旗的琺瑯別針。

「你好。」克魯茲的手摸向胸口的石頭。他緊張到幾乎沒辦法思考，更不用說是對話了。「我們……希望你能幫我們一個忙。」

「噢！美國人？」克魯茲點頭，年輕女生咧嘴一笑，露出門牙間的縫隙。「有什麼事嗎？」

「我叫克魯茲·柯羅納多，我在找一個人，他可能認識我媽媽，她叫佩特拉·柯羅納多。我知道聽起來很奇怪，不過她叫我來這裡給你們看這個。」他從口袋裡拿出那根羽毛。

年輕女生盯著羽毛看了一會兒，很顯然一頭霧水，接著她轉頭看看那個戴漁夫帽的男生，他聳聳肩，鼻子哼了一聲。

「我們主任可能知道。」她走進背後一扇敞開的門，五分鐘後又走出來，後面跟著一個男人，跟克魯茲的爸爸差不多年紀，留著及肩的深金色直髮。

他大概有一百九十公分高，相對於身高來說顯得有點瘦。他穿了一件皺皺的卡其外套，胸前的口袋有破洞，幾顆要掉不掉的鈕扣只靠幾根線撐著。一條藍白條紋的針織圍巾在他脖子上繞了好幾圈。他有一雙像晶玉一樣明亮剔透的藍眼睛，和圍巾的藍色很相稱。笑起來的時候，眼角的魚尾紋讓他的尖下巴看起來柔和許多。「我是諾里，你們好嗎？」

克魯茲清清喉嚨。「你好，我叫克魯茲，我想找任何一個可能認識我媽媽的人，她的名字叫佩特拉·柯羅納多博士，以前是學會的科學家。」

「學會是嗎？」諾里的額頭皺了起來，「我曾經替他們工作，陳年往事了。我們合作進行過研究。我記得是研究海鸚——」他看了一眼克魯茲的羽毛，「或是獵鷹也有可能。」

克魯茲舉高羽毛。「獵鷹嗎？」

諾里看看瑪莉索姑姑、亞米和莎樂，看看他的兩名員工，再回過頭望向克魯茲。「仔細想想，應該是海鸚。很抱歉，我很希望能幫上你的忙，但我沒印象見過叫那個名字的人。」

「我是佩特拉的小姑，克魯茲的姑姑，瑪莉索・柯羅納多博士。」克魯茲的姑姑伸出一隻手，主任與她握了手。「你們這裡的職員或志工有沒有可能認識她？好一陣子以前的事了，大概七到十年前吧。」

「那麼久以前？」他搖搖頭，「這段時間裡，很多人來來去去，恐怕……」

「我明白機會不大，」瑪莉索姑姑懇求道，「但你提供的任何協助對我們來說都很有用。這件事非常重要。」

「不如你們把聯絡方式留給伊琳，我們會再和你們聯絡，要是發現有人認識這位……你說叫什麼名字……？」

「佩特拉・柯羅納多。」克魯茲開始覺得有點火大。

「謝謝你，諾里。」瑪莉索姑姑按住克魯茲的手臂。「我們搭乘學院的探險船獵戶座號航行來到這裡，到星期一早上都會在雷克雅維克港。」

他點點頭。「我帶你們參觀一趟急救站吧，只是站內正在整修，救傷的動物全都移到其他地方安置了。」

「不忙不忙。」瑪莉索姑姑說，「你太客氣了。而且我們也該回港口了。」諾里對他們咧嘴一笑，看得出懷有戒心。「希望你們在冰島過得愉快。祝福。」

克魯茲傻在原地。就這樣？他——應該說他們，大老遠跑來這裡，只換到幾個客套的回答和倉促的再見？而且話說回來，諾里為什麼這麼急著打發他們？克魯茲氣沖沖地在那個女生——伊琳——遞過來的紙片上，草草寫下他的電話號碼。克魯茲不想離開芙麗雅的斗篷。還不行。還沒找到密碼石，他相信一定就在這裡的某個地方，但瑪莉索姑姑已經拉住他的手肘，拖著他走向門口。

「克魯茲，上車。」他還在門口的臺階上徘徊，他姑姑厲聲說。

他心不甘情不願地聽話。

車子駛離的同時，克魯茲在門口看到伊琳，她正在鎖門。真奇怪。才四點十分，告示牌明明寫急救站開放到下午五點。她為什麼現在就在關門？而且，假如他們真的在整修，那建築工人都到哪裡去了？建築設備和建材呢？克魯茲可連一輛清運卡車都沒看到。「這整件事有點奇怪。」他低聲對亞米說，亞米馬上就表示認同。

兩小時後，克魯茲與其他探險者已經坐進雷克雅維克市中心一家優雅的餐廳。高腳水晶玻璃杯裡裝了冰水，高高的水晶花瓶插滿絲藍色的罌粟花，大家研究著面前的菜單，一邊等待布蘭迪絲的家人抵達。
坐在他旁邊的莎樂放低菜單。「克魯茲，你還好嗎？」她柔聲問道。
「應該吧。」
她皺起額頭。「你不是打算放棄吧？」
「不是。我可能得花一點時間才能弄懂，說不定這輩子都會是這樣，但我還是會去做。我非做不可，這是婀洛赫。」
「什麼？」
「婀洛赫。布蘭迪絲說意思是『天命』。」
「哦，那就好。」她逐漸鬆開眉頭。「因為你要是打算放棄，我就要說服你改變心意。但既然你沒有要放棄，就可以問你想點什麼了？布蘭迪絲推薦我們吃吃看甘草慕斯……」
他的手機發出震動。八成是老爸或蘭妮。他從口袋掏出長方形的手機，點開簡訊。
我認識你母親。我有你要找的東西。
明天上午九點在史托克間歇泉等我。
一個人來。

17

克魯茲瘋了嗎，自己去間歇泉赴約？大概吧。不過，他並沒有太多選擇。

一個人來，簡訊上是這樣說的。

克魯茲幾乎整夜沒睡。鬧鐘還沒響，他已經起床關掉亞米的保全系統，悄悄換好衣服，只穿了襪子就躡手躡腳走出艙房，以免吵醒亞米。到了走廊他才穿上鞋子。警衛多佛坐在電梯旁的椅子裡打盹，克魯茲對他胡謅說要去吃早餐。但是到了走廊盡頭，克魯茲沒有右轉上大樓梯，反而閃身衝向左邊，快步跑下舷梯，左右迂迴穿越碼頭棧道。等到脫離獵戶座號的視線範圍，他才用全球衛星定位系統尋找最近的自駕車出租處。有了！有一家自動汽車與碼頭只隔四個街區。十五分鐘後，克魯茲已經在前往間歇泉的路上。

「前往史托克間歇泉，路程九十九公里。」車上電腦系統的男聲說。「抵達目的地約需一小時二十分鐘。感謝您選擇自動汽車，祝搭車愉快。」

沒多久車子就離開了市區，進入農場、牧草地，與山間連綿起伏的谷地。克魯茲把頭往後靠著椅墊，迷迷糊糊睡著了。

等他醒來，車子正開在一條名字他不會唸的窄路上往山區前進。還下起雪來。

克魯茲很久沒看過下雪了。以前他們家在華盛頓特區，獨門獨戶的房子前面有一條長長的車道，他爸爸到了冬天常常要剷雪。克魯茲會拿著自己的塑膠小鏟子跟在後面，把硬梆梆的白霜一塊一塊往兩邊拋。冬天的各種景物他都喜歡——潮溼的手套、棉花糖在熱可可裡緩緩融化、媽媽在人行道上拉著坐在雪橇裡的他。要是她去世的時候，他不是五歲而是六歲，那該有多好。想想看！再多十二個月，再多四個季節，再多坐一次雪橇。

克魯茲向前探頭，看著縷縷白雪輕輕飄落在擋風玻璃上。

「盧亞米呼叫克魯茲・柯羅納多。」

克魯茲嚇了一跳。電腦上的地圖顯示他現在距離雷克雅維克九十四公里。他的通訊別針照道理已經不在獵戶座號的呼叫範圍了才對。芳瓊！她說過必要時可以增強通訊範圍。亞米一定是去找她幫忙了。克魯茲甩甩頭。他幹嘛不把別針留在房間呢？

「亞米呼叫克魯茲。聽到請回答！」

語氣很急切。克魯茲不悅地哼了一聲。他無法假裝沒聽到。「我是克魯茲。」他裝作無憂無慮地說。

「克魯茲？是你嗎？你在哪裡？」

「欸……這個……」他該不該說謊？

「布蘭迪絲跟你在一起嗎？」

布蘭迪絲？為什麼她會跟他在一起？「沒有。」

「你們是不是忘了？我們今天原定要一起吃早餐，然後上岸做班乃迪克教授的攝影新聞學作業。」

「對，作業的事……你們先開始吧。我會遲到一下子。」

「遲到？為什麼？」

「克魯茲，出了什麼事？」是莎樂的聲音。「你在哪裡？」

再隱瞞下去沒有意義。「我在去史托克間歇泉的路上。」

「什麼？」又是亞米。

「我收到簡訊。要我今天早上到史托克間歇泉去。一定是諾里找到手上有我媽媽第二塊密碼石的人。我要去那裡見那個人。」

「你在那裡別亂跑，我們立刻過去。亞米通話完畢。」

「不行！」克魯茲大吼。「我必須一個人赴約。亞米？」他癱在座椅上。唉，好吧。運氣好的話，克魯茲應該會在他們到之前就已經拿到密碼石了。

車子行經一排光禿禿的樹木，克魯茲看到陣陣蒸氣從泥灘地裡升起。到了！車子自動停進停車場，旁邊是一棟紅色屋頂的木造長屋：遊客中心。車子在兩面紅旗附近停妥，旗子上的圖案以橘色底襯托一座噴湧中的白色間歇泉。

「您已抵達目的地。」車上電腦說。「是否需要車輛在此等候接載回程？」

「是的。」克魯茲回答。他走下車，伸展一下筋骨，隨即加入遊客人潮，走上一條寬闊的紅磚步道。中途停下來閱讀告示牌：

咻咻！

在他左邊幾百公尺外，有一道水柱噴向十八公尺空中。圍在噴泉口周圍的一圈民眾鼓掌叫好。克魯茲手插口袋，緩步走向間歇泉。他不確定該去哪裡，但是覺得待在大家看得到的地方比較明智。就讓聯絡他的人自己來找他。

「Hjälp，hjälp！」一名穿粉紅色外套配黑色緊身褲的女人朝他的方向跑過來。克魯茲啟動電腦別針翻譯器。「Er einhver hér læknir？」一秒鐘後，翻譯器把她慌慌張張說的話翻譯出來：「這裡有沒有人是醫生？」

「發生什麼事？」有人問。

危險地點
後果自負
請勿靠近熱泉
或站立於邊緣
請牢記水溫為
80-90°C（176－194°F），
可能造成嚴重燒傷！
最近的醫院在62公里外。

「有個男人跌進熱泉裡。」

克魯茲打了個哆嗦。太可怕了！

「我們已經打了求救電話，」那女人說，「救護車馬上就來，但是現在就需要醫生……跟警察。」

「問問看飯店。那裡說不定有醫生。」在那個女人飛奔經過時，一名男子說。「為什麼需要警察？」另一名男子問。

「有人說他是被推下去的……我不知道……我沒有看到現場。」

被推下去？克魯茲覺得聽起來不太妙。他連忙沿著步道往粉紅色衣服的女人跑過來的方向奔去。繞過一個彎，他看到一群人圍在警示線內側。克魯茲用手肘推開一條路擠進人群。有個人躺在地上。克魯茲看見卡其外套……破洞的口袋……藍白條紋……不！

「諾里！」克魯茲跪下來。

「不要碰他。」克魯茲對面的一個男人彎下腰，替這位野生動物急救員蓋上自己的外套。「他嚴重灼傷了。」

諾里從胸口以下都是溼的，而且劇烈顫抖。紅腫的手臂發著抖朝他伸過來。「克魯茲？」

「我在這裡，諾里。救護車就快到了，撐住。」

「我昨天就想跟你聊……沒辦法……太多人在。」

「我明白。」克魯茲雙手緊握住諾里的手，心臟跳得飛快。「你放心，沒事的，我們之後還可以聊。」

「不行。只有現在。石頭……有人來問……。我拿了……留……我留……」

「你留下羽毛？」克魯茲把話接完。「你昨天就是想暗示我這件事。你知道媽媽留下的線索。你知道我會去找你。」

「對……朗格……洞……笑龍……」諾里在痛楚中吐出這幾個字。

克魯茲慌亂地環顧四周。救護車在哪裡？怎麼那麼久還不來？蹲在諾里另一邊的男人緩緩地搖著頭。

「她是很好的朋友……你媽媽。」諾里用力吸了一口氣。「我總是能信賴她……她會以你為榮的。她說過你會來，你也真的來了。不要忘記。朗格……笑龍……」

克魯茲感覺到他手掌中細瘦的手指忽然鬆弛下來。「諾里！諾里？」

晶瑩剔透的藍眼睛瞪著空中飄落的雪。

接下來的事情開始在克魯茲周圍激烈地旋轉。救護人員忙著急救，警察四處問話，遊客看得目瞪口呆。好多的人，好多動作，但是誰都束手無策。救護人員把諾里的遺體帶走，連最後一名圍觀民眾也走掉以後很久，克魯茲還待在那裡，像要施展催眠一般盯著沸騰冒泡的泥坑，彷彿這樣就能想出辦法讓時光倒轉。要是他早點起床，早點來到這裡就好了……

克魯茲過去從沒看過人死去的樣子。他從沒見過別人嚥下最後一口氣，也沒聽過遺言。

不要忘記，諾里說。

「郎什麼的。」克魯茲大聲說出來，好讓自己再聽一遍。「不對，比較像是朗，朗……」

「朗格？」

克魯茲猛然轉頭。「布蘭迪絲？你怎麼會在這裡？」

她聳聳肩。「早起的人不只有你。」

「你跟蹤我？」

「你不高興？」

他搖搖頭。克魯茲其實有點鬆了口氣，他很高興自己不是孤單一人。

「我跟租車處的小姐說我們是隊友，我的車必須跟在你後面。我猜因為我們穿著同款的迷彩外套，年紀也差不多，所以她相信我沒說謊。」布蘭迪絲害羞地笑笑。「我……我……原本能早點到的，但是我的自動汽車在路上自動故障了。」

「你可能會惹上麻煩，你知道吧。你未經同意不應該離開船上的。」

「你不也是嗎。」她走近他。「克魯茲，到底怎麼回事？你怎麼會跑來這裡？跟跌進地熱泉的人有關係嗎？」

他不確定該告訴她多少細節。「他叫諾里。是我媽媽的老朋友。」

「喔，天啊！」她伸手摀住嘴。「我很遺憾。」

克魯茲低下頭，把哽在喉嚨裡的感覺嚥下去。

「你剛才說到朗格——跟他也有關係嗎？」

「諾里臨死之前說了朗格這兩個字，那是個城鎮嗎？」

「是冰川。」

「諾里還說了別的，好像是洞窟和龍。」

布蘭迪絲挑高眉毛。「是笑龍嗎？」

「對！」

「Hlaejandi Dreiki，笑龍岩。那是朗格冰川冰穴內的一個岩石地形。」

「我必須去那裡，布蘭迪絲。而且我不能告訴你原因。」

她舔了舔嘴唇。「我可以帶你去，我也不會問原因。那地方離這裡只有大約五十公里，但是……」

「但是？」

「進入冰穴可能非常危險。現在季節還太早了，冰很不穩定。你要是能再等一個月，等天氣冷一點——」

「我不能再等了，」克魯茲打斷她，「現在就得去。我很可能不會再有這種機會。」

「好吧，那……我們就走吧。」她開始往回走。

「不過，我是還得再等一下下沒錯。」他伸出手，「因為要等莎樂和亞米趕來。他們已經在路上，應該再半小時左右就會到了。」

「噢。」她咬住下唇。「我懂了。」

布蘭迪絲臉上的表情就像是發覺所有人都受邀參加一場派對，只有她沒被邀請一樣。他傷了她的感情。

「我很希望能向你透露更多原因。」克魯茲，「我很想告訴你，但是……」

「沒關係。」她說，但還是一直低頭盯著她的靴子。

他們慢慢走回遊客中心，在克魯茲車子附近的板凳上坐下。飄飄細雪逐漸變成片片雪花。

「你穿得夠暖嗎？」克魯茲問，「你如果覺得冷，我們可以進屋裡去。」

「我不會冷。」布蘭迪絲搖搖頭，她的螢火蟲耳環跟著擺動。原本黏在她頭髮上的小雪片也像小仙女的粉塵一樣，飛揚在她四周。

換作其他時候，能在下雪天跟心儀的對象一欣賞噴向天空的水柱，一定會很快樂。但現在不是那種時候。克魯茲已經目睹太多事情了。他現在滿心只想離開這裡，愈快愈好。

「**她知道些什麼？**」亞米用下巴指指布蘭迪絲，悄聲問克魯茲。布蘭迪絲坐在克魯茲租的自駕車前座，旁邊是莎樂。亞米和克魯茲坐在後座。

「什麼都不知道。」克魯茲壓低聲音回答。「我只跟她說需要她幫忙帶路去冰川，沒告訴她原因。我要她相信我。」

亞米扁扁嘴。「我就知道。」

「什麼？」

「她喜歡你。」

克魯茲哼了一聲，好像那是全世界最瘋狂的念頭。但他還是忍不住笑開了嘴。

布蘭迪絲指示車子在冰川底部附近一間大木屋前停下來，招牌寫著**奧利佛森登山用品店**。「我們會需要一些登山裝備。」她推開店門說，「來吧。」

進到店裡，布蘭迪絲用冰島語和一對年長的夫婦交談。店主夫婦開始把器具一樣樣堆上櫃臺——冰斧、頭盔、釘鞋、雪層探針、繩索、頭燈、手電筒。布蘭迪絲轉身對其他探險者說：「我告訴他們我們是探險家學院的學生，來做冰川融化的學校報告。所以他們答應讓我們免費使用一些出租裝備。」

「他們人真好。」克魯茲說。

「冰島語要怎麼說謝謝？」莎樂問。

「Takk fyrir。」她回答。

「Takk fyrir！」探險者齊聲說道，隨後收拾起裝備走回車上。

自駕車沿著一條參差不平的碎石路顛簸前進了幾公里，最後駛進一座小停車場，停在另外兩輛車中間。「您已抵達目的地。」大家魚貫下車的同時，車上內建的電腦說，「是否需要車輛在此等候接載回程？」

「是的，請等候我們。」克魯茲下達指令。他最後一個下車，花了一會兒時間仰望冰川。好巨大！兩座岩石露頭高高地突起在雪地上，有如兩隻互相拍擊的熊爪，褐色的尖端在長期風化下被磨得圓潤。一條壯闊的雪河如瀑布般在兩座岩峰間奔流而下，彷彿有人故意打翻了一大桶香草冰淇淋，就為了看著它融化。他們要爬到那上面去？

克魯茲協助布蘭迪絲從後車廂搬出裝備，分配給大家。他扣好腳底的釘鞋，戴上腦控相機和頭盔。一陣冰冷的風吹得他打哆嗦。克魯茲唰地一聲把外套上的大帽兜掀起來蓋過頭盔，拉上外套拉鍊，再抓起繩索和冰斧。

「冰川另一側有人工開鑿的洞穴。」布蘭迪絲帶路，通過有如月球表面的多岩地貌。「他們鑽鑿冰層，挖出隧道給遊客走，還滿受歡迎的，但是比不上天然的冰穴漂亮。大家往上爬的時候一定要小心腳步。現在天氣還很暖，小心不要踏穿雪橋或是掉到冰隙裡。」

「那個冰穴在哪裡？」克魯茲好奇地問。

布蘭迪絲已經戴上衛星定位眼鏡。她指向遠處。「就在右邊的冰岩底下。」

克魯茲以為大概只要爬個十五分鐘。結果一個小時後，他們還在爬。

「從停車場看起來近多了。」莎樂看出他的心聲，怨嘆地說。

接近熊爪以後，克魯茲看到一個弧形的洞口。一排亮晶晶的冰柱排列在一點二公尺寬的拱道兩側，活像一頭怪物的牙齒。

「你們在這裡等我。」布蘭迪絲吩咐他們，「我先去確認安不安全，看我們能不能進去。五分鐘後回來。」她彎著腰從冰柱下面走進去。

「我不知道欸，克魯茲。」亞米在她身影消失的同一時間說道，「諾里真的會大老遠跑來，把密碼石藏在這裡嗎？」

「希望會。這是他最後對我說的話，也是我唯一的線索。」

亞米皺眉。「萬一不在這裡呢？」

「萬一這是陷阱呢？」莎樂大口吞下口水。

克魯茲不願意去想這兩種可能性。

布蘭迪絲回來了，揮手叫他們進去。「小心。」她說，大家一個接一個彎腰從一排尖銳的冰柱底下通過。他們必須排成一列縱隊，在黑泥灰和碎石片上匍匐前進六公尺，隧道才開闊到可以站立。克魯茲抬頭一看，下巴差點合不起來。他們彷彿走進了外星人的夢境。洞穴的牆壁和天花板全都覆蓋著厚實隆起、孔雀藍色的半透明冰塊。來自地面的陽光把他們頭頂的冰紋照耀得如同在流動一般，發出幽幽藍光。這裡讓克魯茲想起衝浪，想起置身在浪捲中，海水包圍著他的樣子。只差這裡的海浪是凍住的，彷彿時間被停住了。

莎樂也看得張大了嘴。「我覺得好像來到一個巨大的藍色水晶碗裡。」

「這裡的確就叫水晶洞。」布蘭迪絲說。

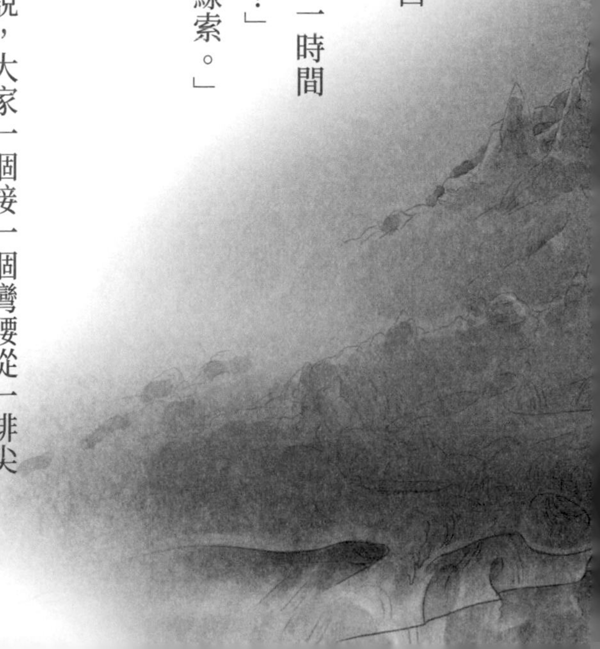

「大自然的傑作。」克魯茲伸手去摸一面扭曲、光滑的冰牆。

布蘭迪絲繞過地上的水窪，抬起頭。「各位，我們繼續走吧。」

走在這座藍色冰穴的路上，克魯茲盡可能拍了許多照片。他從來沒見過這樣的景色，也覺得以後大概沒有機會再看到。他們拐過一個彎，突然就進到一間寬廣的橢圓形石室。克魯茲看到前方有一根高聳的黑色石柱，有岩質的脊骨、張開的雙翼和一條彎曲的尾巴。一定就是它了——笑龍岩！

「Hlæjandi Dreiki。」布蘭迪絲說。果然沒錯。

克魯茲繞著岩柱底座走了一圈，想尋找開口，但是沒有看到。「我要爬上去。」他對亞米說，一邊脫下手套交給他。

克魯茲在岩縫中找到一個小小的立足點，使勁攀上寬闊的底座。

「小心點，」亞米說，「你不知道上面有什麼東西。」

「或是會踩到什麼東西。」布蘭迪絲才剛補上這句話半秒鐘，克魯茲的腳尖就踩到冰滑掉了。

克魯茲在半空中飛快踏步，重新找到地方落腳。他觀察路線，看準下一個支撐點，繼續往上攀爬。哪怕表面有冰，這還是比學院的擴增實境挑戰賽中的岩壁容易攀爬——因為沒有落石！他把身體撐到和龍的身體同樣高度，快速觀察了一下。唯一看得見的開口只有龍的嘴巴。就那麼剛好，龍嘴的縫隙只夠放一隻手進去。

克魯茲攀在岩石上猶豫了一下。不管是不是石頭，他真的很不想把手伸進那張大嘴裡。克魯茲聽到啪嚓一聲，像樹枝斷裂的聲音，他抬頭一看。一大塊冰直直朝他身上落下！克魯茲抓住龍，身體往左邊擺，冰塊從他的右肩旁邊呼嘯而過。他聽到冰塊在地上撞得粉碎的聲音。真是好險。才剛說完沒有落石而已！

「大家沒事吧？」他大聲喊道。

「沒事，但你要快點！」布蘭迪絲壓低了聲音說。「還有不要用喊的。」

克魯茲靠回到岩壁上，閉上眼睛深吸了一口氣，然後把手伸進龍的嘴裡。他摸到黏黏糊糊的東西。噁！他的第一個反應就是想把手縮回來，但他忍住了。他齜牙咧嘴抓住那個滑溜的東西往外一拉。等他再張開眼睛，手上已經拿著一個透明的小塑膠袋。

「克魯茲？」布蘭迪絲的聲音飄了上來。

「來了。」他扯開夾鏈袋口，從裡面拉出一塊深綠色的羊絨布。他的心跳立時快了兩倍。克魯茲翻開絨布一角，然後是另一角，再一角……

有了，就在這裡：他媽媽的第二塊密碼石！克魯茲用指尖輕搓這塊派餅形狀的大理石片。終於啊！經過這麼多的努力，這麼多的犧牲，就為了這麼一個小小的東西。克魯茲不禁想起那個為了石頭賠上性命的男人。

謝謝你，諾里。

克魯茲拉下外套拉鍊，摸到脖子上的掛繩，手指笨拙地想把第二塊密碼石和第一塊拼接起來。應該接在右邊還是左邊？順時針是右邊。一股恐懼流貫他全身。萬一石頭破損了呢？萬一接不上去怎麼辦？萬一不是這一塊——

克魯茲感覺到石片喀地一聲接在一起。**成功了！**

「欸……克魯茲？」是亞米的聲音，「你最好趕快下來。」

他把掛繩塞回上衣裡面，扣上制服外套，拉起大衣拉鍊，開始往下爬。他用手腳摸索，找出上來的時候用過的支撐點，下去的速度比上來快多了，釘鞋也一次都沒有踩空。「真高興事情結束了。」他說，腳底再度感覺到堅實的地面。他轉過身。「我們出去吧，趁——」

克魯茲面前站著兩個男人。一個是警衛伍迪克恩，另一個是崔普・史卡拉多斯。兩個人手裡都拿著槍。

18

「急什麼呢，老弟？」

「崔普？」克魯茲幾乎不敢相信他的眼睛。「你為什麼——」

「照我說的做就對了，別惹伍迪克恩生氣。他有點神經兮兮的。」

「你？」莎樂怒目瞪視保全警衛。「你明明應該保護我們。」

「船一定開走了。」布蘭迪絲喃喃自語。

「來吧，別浪費時間。」潛水艇駕駛員向克魯茲伸出空著的手，掌心朝上擺了擺手指。「交出來。」

克魯茲沒動。崔普怎麼知道他來這裡找密碼石？他又是替誰做事？學會？涅布拉？還是另有其人？

「你聽到我的話了。」崔普的聲音多了一股克魯茲以前沒聽過的尖銳感。「把日記給我。」

喔！原來他要的是這個。

「日……日記？我不知道你在說什麼。」

伍迪克恩把槍口對準布蘭迪絲，拉開扳機。

「好啦，好啦！」克魯茲舉起雙手大喊。「在我這裡，但是你拿了也沒用，崔普。我發誓是真的。那是會自動展開的數位全像投影日記，只有我能啟動。」

「投影日記？」崔普用懷疑的眼神看著他。

「紙，塑膠，還是金屬？」

「紙的。」

崔普一派從容地走向他。「我看看。」

克魯茲聽從他的話。

「不可能是這樣的東西。」伍迪克恩看著蘭妮做的護套從一個人交到另一個人手上，不滿地發牢騷。

「真的有可能就是。」崔普在手中翻看日記紙。「聰明。難怪我們找不到。」

原來是他們！是他們闖進亞米和克魯茲的艙房翻箱倒櫃！克魯茲想和他的室友交換眼神，但亞米已經躡手躡腳繞到笑龍岩背面。克魯茲希望他朋友不會逞英雄。

「你再也不需要這東西了。」崔普把日記往地上用力一甩，腳跟著踩上去。

「不要！」崔普用腳跟往日記的中心點猛踩，莎樂放聲尖叫。看到媽媽的日記被毀，克魯茲用盡每一分力氣才忍住沒有撲過去搶救，只是緊緊咬住嘴唇，嘗到了血味。

他們聽到類似玻璃碎裂的聲音。

「安靜。」布蘭迪絲用氣音喊道。

有好一會兒，所有人一動也不動，眼睛緊盯著波紋起伏的藍色洞頂。沒有東西掉下來。

「你們怎麼會在這裡呢，克魯茲？」潛水艇駕駛員拖著腳步走向笑龍岩。「在找什麼特別的東西嗎？」

克魯茲咬緊牙關。他不打算告訴崔普任何事情。

「我們的間諜覺得你在種子庫的時候也在找東西。」崔普說，「諾里把答案告訴我們了。」

克魯茲一陣顫慄。「諾里？」

「我們想知道的他全都說了。」

克魯茲不相信。崔普說謊。諾里要是透露了密碼石的事，崔普現在一定也會要他交出來。

「真是不幸的意外。」崔普的嘴角上揚，克魯茲立刻領悟了可怕的事實。

是崔普。是他把諾里推進地熱泉的。克魯茲驚恐地瞪著這個潛水艇駕駛員。這是他的指導老師，他學習、仰慕，甚至傾吐心事的對象。現在發現水上運動組長居然做得出這樣的事，對他不光是打擊而已。這是背叛。不只是背叛克魯茲，也背叛了探險家學院，以及學院代表的一切。這只會有一種解釋。

「你替涅布拉做事，對不對？」克魯茲質問他。

崔普用手指點著下巴假裝思考。「有可能哦。」

「爛人。」莎樂咕噥道。

「好啦，洞穴探險是很有趣，但我們該走了。」崔普發出咯咯笑聲。「接下來二十分鐘你們幾個就待在這裡，假裝自己是冰雕好了，行嗎？」

庫斯托隊用力點頭。

伍迪克恩和崔普一步一步向後退，越過大塊黑色岩石構成的岩床。克魯茲脖子後面的寒毛都豎了起來。有哪裡不太對勁。伍迪克恩和崔普會就這樣走了？讓他們活著留在這裡？

兩人一走到離開石室的洞穴轉角，伍迪克恩就把槍插回腰帶，崔普也是。克魯茲吐了口氣。說不定真的就這樣沒事了。崔普已經毀掉日記，毀了克魯茲找到母親配方的所有希望。有沒有可能這樣對他來說已經夠

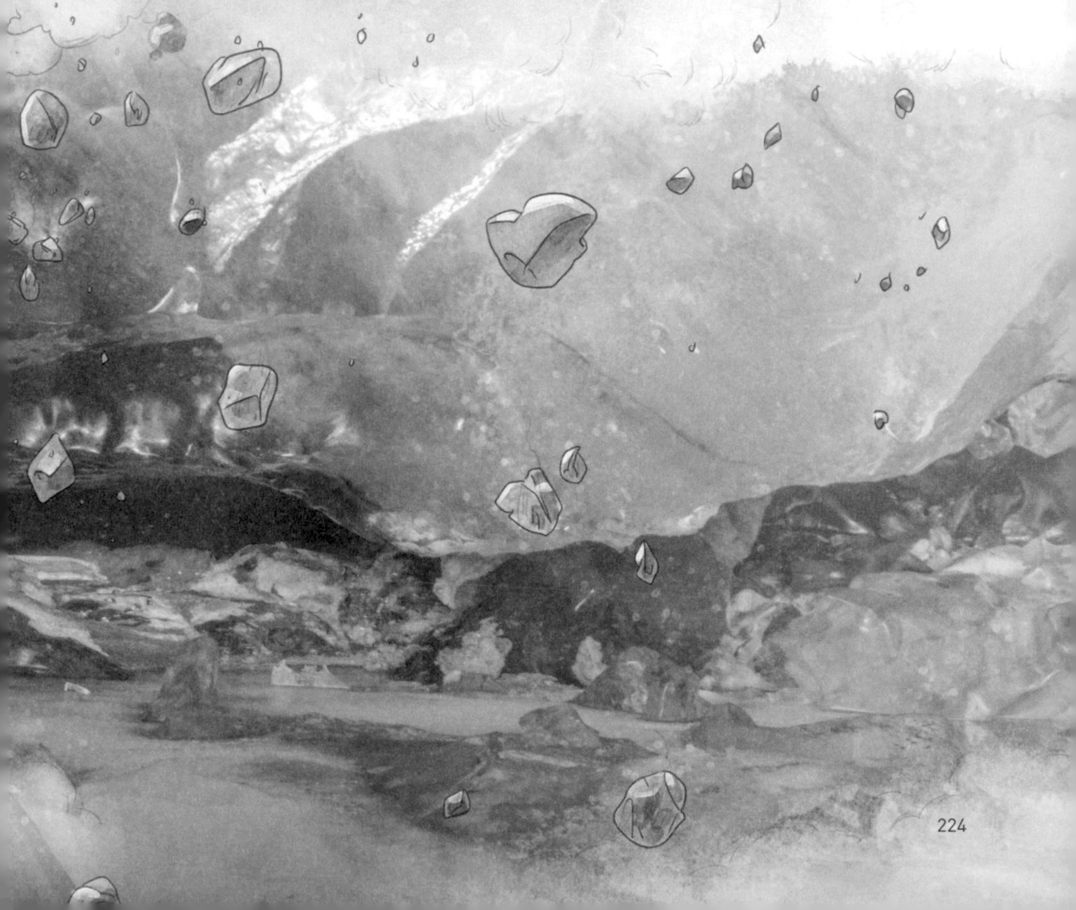

了？不過崔普應該也曉得，等探險者一逃出洞穴，一定會把發生的事告訴校方，不過或許到了那個時候，崔普和伍迪克恩早就已經逃之夭夭。

「這裡真的很美。」崔普輕鬆地說著，目光掃視著他們頭頂上方高處的藍色冰紋。「死在這裡算不錯了，還有更糟的地方呢。」

「喂，他們不是有四個人嗎？」伍迪克恩問道。

「再也不是了。」崔普的手從口袋裡拿出來，把一個綠色圓圓的東西往空中一拋。

克魯茲花了一秒鐘才看出那不是蘋果。他一手抓住布蘭迪絲的手腕，另一手揪住莎樂，拉著她們一起臥倒。「亞米，快趴下！」他才剛喊完，

巨大的爆炸就撼動了整個洞穴。冰塊如雨點般落下。克魯茲感覺到好幾百片碎冰接連砸下來，刺痛了他的頭、脖子、肩膀和背部。這陣冰暴彷彿沒完沒了。克魯茲多等了半分鐘才抬起頭。「大家都沒事吧？」

「我沒事。」莎樂縮著身體跪坐起來，頭髮裡還卡著冰塊。

「我也是。」布蘭迪絲咳嗽著說。

他們拍掉身上的冰屑，慢慢站起來。「亞米？」克魯茲輕聲呼喚。

沒有回答。

「亞米？」莎樂更大聲地呼喊。

「噓！」布蘭迪絲往上方看，低聲地說。「不然洞穴會整個塌下來。」

「抱歉。你們看。」她用下巴指指面前堆積如山的冰塊和岩石：將近五公尺高的碎塊堵住了出口。

克魯茲轉向布蘭迪絲。「還有別條路可以出去嗎？」

「恐怕沒有了。龍的另一邊有地道，是通往更深的地方。」

「我相信一定能找到路離開這裡，但首先我們得找到亞米。」克魯茲在一塊厚冰旁邊蹲下。「莎樂，你搬那邊。」

三個人手腳迅速地搬開好幾個大冰塊。遇到太大搬不動的，他們就趴下來看看底下有沒有人。三人搜遍了整間石室，但還是沒找到亞米。

克魯茲走過去站在莎樂身旁，莎樂呆望著堵住地道的那一堆岩石和冰塊。他伸手放在她的肩膀上。

「說不定他逃出去了？」她怯怯地說，語氣充滿恐懼。

「說不定。」他說，但他知道不太可能。亞米很有可能想趁隙溜出去，卻被爆炸的坍方給壓扁了。克魯茲用腳趾頭踢著地面，淚水在他眼眶裡打轉。他不能放任自己去想他的朋友，否則會情緒潰堤。他必須堅強起來，協助隊友找到方法逃出去。他伸手抹了抹眼睛，點了一下EA通訊別針。「克魯茲呼叫瑪莉索・柯羅納多。」通訊裝置要在冰川裡還能收發訊號，機會實在不大，但他總得試試看。

沒有回應。

「克魯茲呼叫獵戶座號，有人聽到嗎？這是緊急狀況。」

還是沒動靜。

莎樂滑著她的手機螢幕。「電話也沒有訊號。」

布蘭迪絲按下全球衛星定位系統也沒用，她嘆了口氣。「我們在洞穴太深的地方了，訊號進不來也出不去。」

克魯茲在碎石堆旁踮起腳尖，把一些小石子小心撥開，挪動了幾塊冰。他看到光了！

布蘭迪絲看著他。「不錯的做法，」她說，「但我很懷疑，我們清出來的洞有可能大到能安全爬出去嗎？」

「不是給我們用的。」他咧嘴一笑。

「啊？」

「布蘭迪絲、莎樂，你們到我後面來。」克魯茲揮手。「我們要拍自拍照。」

莎樂露出傻眼的表情。「自拍？現在？」

克魯茲掀開制服右下方的口袋，點了點別在衣領上的蜂巢別針。「魅兒，啟動。」

一雙金色眼睛在口袋裡對他閃了兩下。

「魅兒，請飛到與視線齊平的高度。開啟攝影機，錄影功能。」

蜜蜂無人機聽從他的號令。看到魅兒盤旋在他面前，克魯茲清了清喉嚨。「現在日期是十月二十三日，我是克魯茲・柯羅納多，探險家學院的一年級生。我的隊友也在這裡：布蘭迪絲・約恩多特和莎樂・約克。另外一名隊友盧亞米原本也和我們在一起，但目前下落不明。我們困在朗格冰川的洞穴裡，在笑龍岩附近。崔普・史卡拉多斯和警衛伍迪克恩故意引發爆炸，把我們困在這裡。亞米很可能在洞穴崩塌的時候死了。我姑姑瑪莉索・柯羅納多，是獵戶座號上的教授，船目前停泊在雷克雅維克港。請與她聯絡，派人來救我們。」他環顧這座冰封的牢獄，「拜託要快一點。魅兒，結束錄影。」

克魯茲抓著無人機，放在剛才清出來的洞口附近。「魅兒，飛到山腳下的奧利佛森運動用品店，播放我最後的錄影給店主夫婦看。你一離開洞穴應該就能取得那家登山用品店的衛星定位座標。請確認收到指令？」

蜜蜂對他眨了兩下眼睛，表示聽懂了。

「魅兒，去吧。」

三人看著微型無人機迂迴飛出狹小的縫隙，消失以後，他們還在原地站了幾分鐘。

「希望她辦得到。」布蘭迪絲聽起來不太有信心。

「她可以的。」克魯茲向她保證，「她救過我好幾次了。」他的胃偏偏選在這時發出劇烈的咕嚕聲，提醒他已經一整天沒吃東西了。

兩個女生相視而笑。

克魯茲打開他的保溫水壺。裡面的水只有半滿。他離開間歇泉之前忘了要把水壺裝滿。他知道還得靠這些水撐下去，所以只啜了一小口。

布蘭迪絲掏著口袋。「我這裡有一點扭結麵包，昨天晚餐剩下來我帶回家的。」

克魯茲也檢查了口袋，但只有蘭妮送的迷你衝浪板鑰匙圈、他的時光膠囊，跟半包口香糖。他早該想到要帶點食物。

「我有兩條營養棒。」莎樂說。

「那些最好先留著。」布蘭迪絲把她的小塊麵包撕成三等份。

三個人慢慢吃著麵包。

克魯茲正在吞最後一口麵包的時候，眼角餘光瞄到有個東西從碎石子堆裡突出來。是蘭妮做的日記護套！他挖出護套，拍掉上面的塵土和崔普的腳印，然後輕手輕腳地把日記從套子裡抽出來。

「連一條摺痕都沒有。」莎樂說。

日記有可能安然無恙嗎？說不定，但是他不能在這裡確認——不能在布蘭迪絲面前。他把投影日記推回蘭妮的護套裡，放進制服口袋。他在笑龍岩的底座邊坐下，坐在兩個女生旁邊。布蘭迪絲正用戴著手套的手指，沿著岩石的弧線摸索。她抬頭往上看，伸長了脖子東張西望，像在從各個角度研究石柱。

克魯茲望著莎樂。兩人在無聲之中完成了一次問答——克魯茲挑眉發問，莎樂點頭回答。

信任真是有趣的東西。要求別人信任很容易，信任別人卻很難。

克魯茲抬起下巴，拉出掛在頸間的繩子。

「哦！」莎樂湊近細看那兩片拼在一起的黑色大理石。「第二塊石片！你看拼得多剛好。」

布蘭迪絲歪過頭來。「那是什麼？」

「崔普和伍迪克恩想找的東西。算是吧。我之後會跟你解釋。」他告訴她，接著把密碼石塞回上衣裡。

莎樂捏捏他的手臂。「你做到了，克魯茲。你真的做到了。」

「是我們做到了。」他說，「要是沒有你們兩個，還有蘭妮和亞米，我不可能走到這一步。」

亞米。克魯茲突然感覺到一股椎心之痛。他無法想像失去這個朋友的學院會是什麼樣子。少了亞米，他怎麼有辦法繼續和其他探險者一起環遊世界？他無法想像，也無法承受。

嗡——嗡——嗡。

「魅兒！」克魯茲坐直身子。他的蜜蜂無人機回來了。「魅兒，請顯示飛行數據和新影片。」

「這麼快就回來了。」莎樂喊道，「才過了多久，兩個小時嗎？」

「三十七分鐘。」布蘭迪絲平淡地說。

莎樂合攏雙掌摩擦手套。「我只是好高興救難隊就要來了。」

「他們進到這裡來可能還要一陣子。」布蘭迪絲提醒她。

「但總之他們要來了——這才是最重要的。」

克魯茲讀著魅兒投影在他面前的讀數。「欸……我很不想戳破你的美夢。」

莎樂靠過來。「怎麼了嗎？」

「魅兒的飛行數據顯示她只走了一百一十四點六公尺。」

「所以呢？」

「所以，我們進入洞穴以後至少走了八百公尺吧？這麼說的話，她不只沒有飛到入口，還離得很遠。」

「她一定是故障了。」布蘭迪絲說，「低溫有沒有可能影響她的電路？」

「有可能，但我不覺得是這個原因。」克魯茲回答，「自我診斷顯示所有功能運作正常。而且她的設計是可以耐低溫到攝氏零下四十五度，高溫可以到六十五度。」

「我們一定是把她送進氣穴裡了。」莎樂推斷說，「這段時間她一直在裡面打轉，想找到一條路出去完成任務。」

「我也這麼想。」克魯茲還在檢視讀數。「看來魅兒想發送訊號出去取得衛星定位，可是沒有成功。她還嘗試把我錄的訊息傳出去，作為最後手段。布蘭迪絲說得對。這裡不論收發都沒有訊號。魅兒，關閉統計數據。你盡力了，還是很感謝你。」

魅兒歪歪頭，幾乎像在表示歉意。

「不如我們看看魅兒的影像記憶？」布蘭迪絲提議，「假如天氣真的影響了她的分析，我們有可能漏掉了某人回傳給我們的訊息——」

「我已經看過了。」克魯茲搖頭表示一無所獲。「魅兒，關機。」

兩隻金黃色小眼睛暗了下來。

莎樂打了個冷戰。「克魯茲，你的意思是……？」

克魯茲從停在他拇指上的小無人機抬起頭。「沒人會來救我們。」

19

莎樂把一塊烤麵包機大小的冰塊遞給布蘭迪絲，她轉遞給克魯茲，克魯茲再把冰塊輕輕放在洞穴牆邊的一小堆碎石上。他們正在想辦法清出一條地道出口。過程非常辛苦。爆炸破壞了洞穴頂部，不時有一塊一塊的碎冰崩落，像冰霜飛彈一樣砸下來，這時他們就得急忙跑到笑龍岩的龍翼底下躲避，等待塵埃落定，然後再試一遍。兩個小時過去，新掉落的東西比他們清掉的還多，但是誰也不想承認，他們正在做一件毫無意義的事。

間莎樂伸手去拿另一塊冰的時候，一陣碎裂聲再度響徹山洞。

「快跑！」克魯茲大喊。

他們跑進笑龍岩的龍翼底下才過了一秒，大量碎冰就掉落在他們剛才站的地方。

「這下好了。」莎樂哭喪著說。「現在該怎麼辦？我們出不去，又不能留在這裡。」

「她說得沒錯。」布蘭迪絲看著克魯茲。「我們再繼續挖下去，有可能再度引起雪崩。只是不挖的話又……」

克魯茲的目光順著龍翼的弧度往上移動，直到龍翼與藍色結晶的洞頂融為一體。日光已經開始黯淡。幸好他穿了躲貓貓外套，身體還算溫暖，但手已經凍得發白。他的手套還在亞米那裡。而且他快餓昏了。這裡一定有路可以出去。但是該怎麼找到路？

想啊，快想！

克魯茲凍僵的手摸進口袋深處，指關節碰到一個硬硬的東西——是他的時光膠囊。他拿出膠囊，手掌左右傾斜，看著膠囊從一邊滾到另一邊。庫斯托隊在泰琳的猜謎尋寶遊戲中獲勝已經是兩星期以前的事，但他到現在還沒在膠囊中存放任何記憶。克魯茲很清楚他想把哪一段記憶收藏起來，但他一直太忙……

現在他有很多時間了。

克魯茲淺淺地吸一口氣，閉上雙眼。感覺膠囊發出震動時，他的思緒回到那個他永遠不想忘記的地方。他再度聽見一聲長長的悲鳴響徹芬迪灣，接著是芳瓊的翻譯機說出的字詞：「掙扎。累。痛。」透過朦朧寧靜的湛藍海水，克魯茲看著隊友合力切斷纏住露脊鯨的漁具。他看到重獲自由的尾巴往外一揮，一條長繩子鬆開，歡喜的小鯨魚游向鯨魚媽媽。「幫助。感激。愛。」直到鯨群浮出白浪滔滔的海面，歡欣嬉鬧，陽光在灰亮的鯨背上閃爍，克魯茲才張開眼睛。

他鬆開手指。膠囊在他的掌心裡發出紫光。成功了，他的記憶已經存進去了。但他身邊的人還有機會體驗他的記憶嗎？

真美，紫色膠囊照亮了他的掌心和一旁的冰牆，使他想起斯瓦巴種子庫的藝術作品。多虧雪地的反射，那件作品在好幾公里外就看得見，入夜以後甚至更加耀眼。

克魯茲抬頭看了看洞頂，再低頭看掌心裡的膠囊。洞頂，膠囊。洞頂，膠囊。有這個可能嗎？克魯茲轉向兩個女生。「我好像知道出去的方法了，應該說，至少可以發送信號讓人知道我們在這裡。」

「什麼方法？」布蘭迪絲和莎樂異口同聲地問。

克魯茲指指頭頂。「既然白天能看到陽光透過冰層照進來，那反過來應該也可以。」

莎樂抬頭看著他看的地方。「你是說……？」

「地面的人晚上說不定能看到我們發出去的光。」

布蘭迪絲噘起嘴唇。「你知道那層冰有多厚嗎？」

「我知道，不過崔普替我們起了個頭。爆炸已經把洞頂炸掉了一大塊。」克魯茲推論。「我們如果把身上所有能發光的東西聚集起來——手電筒、手機、平板電腦，全部攤在地上，對準洞頂最薄的地方，或許有人剛好會看到。」

「你這個『或許』的機率很小。」布蘭迪絲說。

「不見得哦。」莎樂反駁，「只要有人開車經過比冰川高的地方，或是有飛機從上空經過就有可能看到。我們可以先用體溫把裝置都充飽電。」

「好主意。」克魯茲說。

布蘭迪絲脫下頭盔，開始拆頭燈的束帶。

等待電子裝置充電的同時，他們翻遍全身口袋和背包，找出所有會發亮的東西。收集好以後，他們躡手躡腳捧著所有東西，走向堵住地道的碎石堆，打開每一項裝置的開關，和其他發亮的東西一起放在地上。他們一共有三盞頭燈、三支手電筒、三支手機、兩臺平板電腦、一雙會發光的LED幽靈襪（多謝莎樂捐贈）、一顆時光膠囊、一個可發光的衝浪板鑰匙圈，還有……

克魯茲拉開外套拉鍊。「魅兒，啟動。」

一部微型蜜蜂無人機。

所有東西都攤在地上了，他們後退一步檢查成果。

「說不定發出去光比我們以為的還要亮。」莎樂說，「只是在我們自己這一邊看不出來而已。」

「對，而且等到外面變黑，光還會更亮。」克魯茲說。

三個人凝視著地面。

氣氛突然安靜下來。誰也不想第一個開口：這樣的光根本不夠。

就連垂掛在布蘭迪絲耳垂上的螢火蟲都在搖頭。

克魯茲很洩氣，看著小小的搪瓷螢火蟲前後擺盪。等等！克魯茲拍了一下腦袋。他怎麼會忘了呢？「布蘭迪絲，你的耳環！」

「喔！抱歉，我忘了放進去。」她動手要摘下耳環。

「不是這個意思，我是說……」克魯茲扭動身體脫下外套，反向拉出袖子，把外套從迷彩翻成灰色那一面，然後按下領子內側的按鈕。突然間，好幾千個亮晶晶的藍綠光點冒出來。「是這個！記得嗎，躲貓貓外套的這一面有生物螢光功能！」

「對喔！」

莎樂和布蘭迪絲趕緊也學他把外套翻面。

「看起來好像亞米的眼鏡。」莎樂咯咯偷笑，他們外套上的光點一陣一陣閃爍。

「也很像斯瓦巴末日種子庫的藝術品。」克魯茲說。

「也很像牛奶海。」布蘭迪絲補充道。

「那是什麼？」莎樂問。

「《海底兩萬哩》裡面提到過，漂浮在海面上的螢光菌，非常明亮，連衛星在太空上都看得到。」

三個人互相對望。這說不定真的有用！

他們把克魯茲和莎樂的外套跟其他光源一起攤開在地上，但是留下了布蘭迪絲的外套，因為他們至少需要一個熱源來維持體溫。三個探險者靠坐在笑龍岩的底座前方，在布蘭迪絲的外套底下縮成一團。克魯茲和布蘭迪絲在左右兩邊，各把一隻手伸進袖子裡。

夜色降臨，他們三個人看著、等著。

莎樂打了個哈欠。「我也好想從太空上看看牛奶海。不知道為什麼細菌會發光？」

「我讀過一篇文章。」克魯茲說，「細菌發光是要吸引魚來把自己吃掉。」

「故意的？」

「沒錯。因為細菌被吞下肚以後，可以靠魚肚子裡的養分生存，還能跟著魚一起游到其他地方。這麼一來，比起單靠自己，細菌可以移動到一千倍遠的地方。」

「所以從一個奇怪的角度來看，細菌跟我們一樣是探險者。」

他咯咯笑出來。「可以這麼說。」

「生物螢光也要有人看到才有用。」布蘭迪絲的聲音幾乎比氣音還小聲。「萬一沒有人……出來找呢？」

克魯茲的腦中閃過瑪莉索姑姑的臉。「他們會出來找的。」

但他們真的會嗎？克魯茲沒告訴任何人他要去哪裡，連他姑姑都沒說，而布蘭迪絲、亞米和莎樂想必也沒有。泰琳和獵戶座號上的其他人只會知道有四名學生失蹤了，不會知道該從哪裡找起。就算奇蹟出現，大家真的追蹤到朗格冰川來，找到他們租的車，那又怎麼樣？他們怎麼會知道要進入洞穴？又怎麼會知道他們受困在洞裡？克魯茲的手指已經失去知覺，臉也很冰冷。

他一定是想到出神了，因為他意識到的下一件事，是有東西戳他的額頭。「好痛。」

他瞇起眼仔細看。他的蜜蜂無人機飛向左，又飛向右。「魅兒，怎麼了？對了，你一定是需要充電。等我一下。」他坐起來，揉揉扭到的脖子。

無人機對他猛眨眼睛。

「我知道，我知道。等我一下，魅兒，我要拿充電——」

等等！魅兒的意思跟他想的一樣嗎？魅兒繞了一圈，又對著他眨眼。三次短閃光，三次長閃光，接著又是三次短閃光。真的！魅兒是在發送國際求救信號。不是有人剛剛闖進他的艙房，就是……」

「莎樂、布蘭迪絲，醒醒！」

「我醒了，我醒了。」莎樂眨著睫毛發出呻吟。

「怎麼了？」布蘭迪絲從外套底下探出頭，頭髮向上亂翹。「我們釣到魚了嗎？」

「對！」克魯茲歡呼說。「史上最大的一條。」

亞米。

20

「什麼意思叫你還不能告訴我？」克魯茲埋怨道。

亞米依然面對書桌沒有回頭。「我也答應莎樂和布蘭迪絲過一陣子再跟她們說。她們正在幫忙泰琳，半小時後會過來。」

克魯茲倒頭躺回他的床。回到船上真好，就算亞米一直賣關子也無所謂了，他不知道為什麼就是不告訴克魯茲他是怎麼逃出洞穴的，而且身上幾乎連擦傷都沒有。

「好吧。」克魯茲投降。「那趁我們在等人，你可以跟我說說檔案館吧。」

他看到室友突然僵住。

「拜託。」克魯茲催促。「你說過以後會解釋。現在已經是以後了。」

「好吧，但是如果我說了——」

「是是是，我發誓會保密。你快說。」

亞米走過來在克魯茲的床尾坐下。「檔案館在學院的地底下，是最高機密的巨大資料庫，戒備森嚴，溫溼度也都有管控。裡面存放了全世界最重要的文獻、發現、寶藏和謎團。」

「超級機密的資料庫？」克魯茲嗤之以鼻。「在學院的地下室？你在開玩笑吧？」

亞米不耐煩地嘆了口氣。「問問你自己吧，你覺得世界上這些珍貴的東西，比如希望鑽石，或是〈蒙娜麗莎〉，真的能安全地託付給人類來保管嗎？」

「我……我不知道。我沒想過這種事。」

「那就趁現在想一想。只要一次地震、核災或戰爭，我們就有可能失去一切。建立末日種子庫的目的是保障我們的糧食供應，同樣的道理，檔案館是為了保護人類的文化。」亞米的圓眼鏡閃著明亮的洋紅色，代表他是真心誠意地說這些話。「伽利略當年用的望遠鏡、蓋茲堡演說稿、可口可樂的配方、外星人的真相——全都存放在檔案館裡！」

克魯茲手臂爬滿了雞皮疙瘩，他慢慢坐起來。「你是說真的。」

「絕對。」

克魯茲設法理解室友正在告訴他的事。「他們不可能……他們該不會……難道他們會……？」

亞米神祕地笑了笑。

「所以你是怎麼發現的？」

他的朋友伸出食指搖了搖。「一次只說一個祕密。」

「難怪瑪莉索姑姑要我忘了它。」

「這件事知道的人都三緘其口，甚至比合成部還要機密。」
「芳瓊呼叫盧亞米。」
聽到亞米的通訊別針爆出芳瓊的聲音，兩個人都嚇了一跳。
亞米按下別針。「亞米收到。」
「東西準備好了。」
「馬上到！」亞米跳起來。「走吧，克魯茲。」
「可是莎樂和布蘭迪絲——」
「我們晚點再去找她們。」
他們在走廊上經過阿里和詹恩，克魯茲用手肘推推亞米。「其他探險者知道冰川發生的事嗎？」
「大家以為是意外。」亞米用嘴角小聲說。「我們為了班乃迪克教授的作業要做冰川融化的報導，正在拍照的時候，冰穴坍塌了。」
「崔普和伍迪克恩呢？」
「沒人看到他們。當然有很多耳語傳來傳去，但我覺得他們應該不敢再在船上露臉了。」
這點克魯茲可不敢確信。
他們才剛要踏進科技實驗室，芳瓊已經伸手在他們的制服上各貼了一個東西。克魯茲低頭看胸前那張五乘十公分大小的貼紙，表面滿是銀色的小方格。他一動，方格就像全像圖一樣閃現彩虹光芒，但是沒有圖案浮現。沒有圖案的全像圖？克魯茲望著芳瓊尋求解釋。

「你們是盧氏錦影子徽章的榮譽佩戴者。」芳瓊說著，把臉上的護目鏡推過頭頂的斑馬紋頭巾。「用兩根手指輕點兩下，徽章就會釋出盧氏錦的生質網，包覆你全身，同時和你大腦的神經纖維迴路同步——專有名詞叫大腦白質，如果你想這麼說的話。接著你就能運用想像來改變身上衣服的顏色、圖案和材質：上衣、褲子、鞋子，你想的話連內衣褲都行。你可以像亞米在冰穴裡一樣，用保護色把服裝隱藏起來，也可以反過來讓自己變得醒目——選擇在你。」

克魯茲張大嘴巴，捶了一下亞米。「原來是這樣！你就是靠這個溜出洞穴，沒被任何人看到！」

亞米挺起胸膛。「我拿制服外套做初次實測——就是你看到我的袖子變紅那次。第二次實測，我噴在躲貓貓外套表面，但還沒有機會試用，直到——」

芳瓊挑起眉毛，對他們露出心照不宣的微笑。「你們兩個男生慢慢聊。」她說，然後就到實驗室的另一頭去忙了。

「直到崔普和伍迪克恩出現在洞穴。」克魯茲把話接完。「你融入冰牆以後直接走出洞口，包括我們在內沒有半個人發現！」

「只是事情發展跟我預期的不太一樣。」亞米皺起臉。「我沒想到崔普打算把我們關在洞裡。我以為伍迪克恩會開槍，所以趁他們兩個往地道移動時，溜到他們背後想把槍拿走。但我還來不及動手，他們就已經引爆，把你們關在洞裡了。我趕緊用最快速度跑出來求救。」

「做得好，亞米。」克魯茲拍拍他的肩膀。「幸好有你。」

「好啦！」芳瓊從實驗室另一頭高喊。「要試用你們的徽章了嗎？」

克魯茲指了指亞米，亞米馬上回指克魯茲。「你先。」亞米說，「我希望你來當第一個正式啟用的人。」

克魯茲輕點兩下貼紙。現在該把他的制服外套變成什麼樣子呢？他腦中第一個浮現的是哈伯紅灰色格紋的狗窩。他看著外套慢慢捲動，宛如湧向岸邊的潮水。幾秒鐘後，外套表面銀光閃爍，接著就變成熟悉的格紋狗窩。克魯茲伸長雙手。「真的有用！」

「當然有用。」芳瓊說，「不過效果不是永久的。能維持多久取決於你原本衣服的材質。我們發現它在棉、絲、羊毛——你知道的，就是天然材質表面，似乎維持得比較久，大約能覆蓋四個鐘頭。至於人造纖維表面，例如常見的嫘縈、尼龍、壓克力和聚酯纖維，大約只能維持一個半小時。」

克魯茲聞到甜甜的香味。他嗅了嗅空氣，有家鄉的味道。「那是百香果味嗎？」

「鼻子真靈。」科技主任笑說。「我們給了它百香果的香味。這是亞米出的主意。這樣一來，穿戴的人就知道已經啟動了。另外我們也設定讓生質網不會把盧氏錦噴到皮膚外露的地方，但是就算真的接觸到皮膚，不管是體表觸摸到還是攝取到體內，都不會造成傷害。它沒有毒性，除非你對百香果過敏。」

亞米提起外套，顛倒著端詳他的貼紙。

「芳瓊，你用了多

少片反射板？」

「十六片。看起來覆蓋效果最好。」

「那碰到水的話呢？」

「生質網是防水的。也不會受光線影響，包括陽光、伽瑪射線、紫外線、微波、X光和無線電波……」

亞米接二連三地繼續追問芳瓊問題，克魯茲在一旁耐心等候。這時候，希橘兒從附近一個隔間探出頭。她上下打量他的紅灰格紋羊毛外套。「是我眼花，還是你把哈伯的狗窩穿在身上？」

「不算是啦。」克魯茲感覺臉頰發紅。「芳瓊說盧氏錦的效力大約維持四個鐘頭才會消退，希望是真的，因為如果不是，我不太知道要怎麼把外套變回來。」

「她說的是真的。」希橘兒歪著嘴笑了一笑。「她說的永遠都對。我要去找點東西吃，晚點見了。」她離開工作區時，克魯茲瞄到她桌上有個黑色圓形的東西。

他心頭一凜。那是鯨通頭盔。

他一邊留意芳瓊和亞米，他們已經移到一張電腦桌前繼續討論，同時一步一步慢慢走近希橘兒剛才離開的辦公隔間。一聽到科技實驗室的門關上，他就溜進隔間裡。他的鯨通潛水頭盔擺在桌上，旁邊有一部電腦。希橘兒留了一個程式視窗在桌面沒關。是鯨通頭盔的研發日誌，視窗停在最後幾筆內容。

十月十六日

狀態

鯨通頭盔未正常運作

診斷檢測結果：來自船上電腦系統的未授權侵入造成嚴重故障。犯人不明。

註記

希橘兒，請執行我的駭客追蹤軟體，看看能不能鎖定駭客的所在位置。另外也請把鯨通頭盔的診斷報告寄給海陶爾博士、獵戶座號全體教職員、崔普・史卡拉多斯，以及艾斯坎達船長。我會親自告知克魯茲。

芳瓊

十月二十二日

註記

我已用追蹤程式持續追查一星期，但始終無法辨識駭客身分。對方把足跡消除得很乾淨。依我看，我們很可能永遠無法判斷侵入者是誰，又是怎麼進入系統的。

希橘兒

十月二十三日

狀態

鯨通頭盔恢復正常運作

診斷檢測結果：船上電腦系統、循環呼吸裝置及翻譯器，均已在正常參數內運作。

註記

希橘兒，我修好鯨通頭盔了，但是對於未能成功揭發駭客身分或對方侵入系統的手法，我還是非常關切。我決定暫停鯨豚通用溝通輔助裝置的後續研發，直到能改善安全性為止。請把頭盔歸檔，包括所有研發日誌和筆記。

芳瓊

不可以！

克魯茲差點就在實驗室中央大喊出來。芳瓊不可以放棄鯨通。她不能這樣做！他非常確定，她最後一定能想到辦法修補頭盔的安全漏洞。要是芳瓊能看到她的發明在芬迪灣實際運作的樣子就好了，她看了就會明白鯨通有多麼神奇——

「克魯茲？」是芳瓊的聲音。「你還在嗎？」

「我在這裡！」他倉皇跑出隔間。

「我還有一樣東西要給你看。」她說，揮手要他跟著走到實驗室的一個角落。「我覺得你一定會喜歡。」

克魯茲看了一眼亞米，亞米聳聳肩。

「把這個戴上。」她遞給他們一人一副護目鏡，接著也把自己的從頭上拉下來。她在架子上的一個灰盒子上輸入密碼，再把眼睛對準螢幕進行虹膜掃描。盒蓋應聲開啟，芳瓊從裡頭拿出一枚黑色圓球，大約是巨型星球糖的大小。好幾個藍色圓環像迷你甜甜圈一樣覆蓋在圓球表面。芳瓊把圓球拿高，微微一笑。「這是章魚彈。你要是需要迅速逃離攻擊者，只要按一下，章魚彈就會噴出噴霧，癱瘓歹徒的中樞神經系統。噗

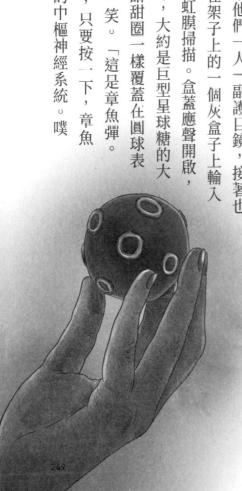

嘶！」

克魯茲和亞米同時退開一大步。

「放心，我沒有真的噴啦。而且效果只是暫時的。」

「成分有什麼？」克魯茲問道。

「混合植物及礦物成分的專門配方，再加上一滴藍環章魚的毒液。」

「藍環章魚？我在書上讀過！」亞米驚呼，身子退得更遠。「那是一種外形可愛的小章魚，分布在澳洲，是世界上最毒的一種動物。牠在螫咬之前身上的環紋會先開始發光。」

「你說得對。」芳瓊說。「人類幾乎感覺不到被牠螫咬，但牠釋出的河豚毒素要是流進血液，會癱瘓人的橫膈膜，少了橫膈膜這個鼓風裝置，你就不能呼吸了。僥倖活下來的人，毒素會在十五個鐘頭內消退。到目前還沒有解藥。不過呢，我的章魚彈安全多了。麻痺效果會在十五分鐘內消退，也不會留下副作用——至少我到現在還沒發現有副作用。」

她把圓球伸到克魯茲面前。「這是給你的。」

他嚇了一跳。「給我？」

「考慮到最近發生的事，我想可能派得上用場。」她拱起一邊眉毛，克魯茲不禁懷疑她是不是知道崔普和伍迪克恩想要傷害他們的原因。「更何況，這是根據你母親的研究做出來的。」

這句話引起克魯茲的注意。「怎麼說？」

「我跟你說過，她寫的所有論文我都讀過。這是她的構想之一，只是從來沒機會研發。九年前我們的科技能力還不夠。」她笑了笑。「但是現在有了。」

克魯茲低下頭仔細看。

「看到這個迷你黃色鳥嘴了嗎？那就是噴嘴。」芳瓊把圓球輕輕放進他的掌心。「把噴嘴對準攻擊你的人，大拇指抵住兩側的藍環中間按下去。藍環會發光五秒，然後噴出持續兩秒的噴霧——相信我，那樣就夠了。這個是專為你做的，所以你好好收在口袋。不要告訴其他同學，不然每個人都想要一個。我想杜根還不適合擁有這個玩意兒。」

「好……吧，如果你確定要給我的話。」

「我確定。」

「謝了，芳瓊。」克魯茲把圓球小心收進外套口袋，指尖同時在口袋裡摸到另一樣東西。就在這一刻，他想到一件事。「芳瓊，我也有東西要給你。」

「你也有？要給我？」

「給她？」亞米也猜不透。

「手伸出來。」她伸出手，克魯茲把禮物放進她的掌心。

芳瓊凝視著發出紫光的時光膠囊。她當然知道那是什麼，因為就是她發明的。但她不知道裡面儲存了什麼樣的記憶。

「你看就知道了。」克魯茲懇求道。「看完以後，如果你還是想放棄鯨通，我們也會體諒。」

亞米頻頻點頭，露出賊笑。

科技主任疑惑地看了他們一眼，接著閉上眼睛，也握起拳頭。接下來幾分鐘，兩名探險者就看著她透過克魯茲的雙眼，見證鯨豚救援行動。她的雙手划動起來，彷彿跟著庫斯托隊一起游泳，逗得亞米和克魯茲哈哈大笑。

「噢！」她大喊，歪頭看向臀部，克魯茲知道一定是小鯨魚游過來撞他的那個瞬間。緊接在後是一連串的「啊啊」和「哇嗚！」和「喔喔」，她還沒睜開眼睛，兩個探險者已經心裡有數，克魯茲這趟任務算是成功了。

鯨通終究不會被塵封起來。

科學科技與發明主任芳瓊・奎爾思博士已經改變了心意。

21

普雷史考特快速稟報了壞消息。

「從我們的指縫間溜走？」布魯姆吼道。「又一次？」

「恐怕是的。」

「你有沙袋鼠和貓鼬的消息嗎？」

「沙袋鼠目前躲起來了，貓鼬已經……死了。掉進冰隙。」

「我等的不是這種結果，眼鏡蛇。」

「獅子，我……我明白。」普雷史考特無法向他的老闆道歉。他也不知道為什麼，但抱歉二字他就是說不出口。

話說完，他只聽到另一頭傳來爐火的爆裂聲。布魯姆在電話中把手機對著壁爐內熊熊燃燒的火焰。那是一座雕刻華麗的櫻桃木壁爐，架上有一尊捲頭髮的小天使雕像，從無花果樹葉的渦卷紋雕飾之間緊盯著普雷史考特的臉。普雷史考特凝視著火焰，有一種怪異的感覺。每到耶誕節前，電視上就會播出燒耶誕柴火的影片，讓家裡沒有壁爐的人過過乾癮。他現在就覺得好像在看這種影片。

「目前為止，我們已經知道日記在那孩子手上。」普雷史考特繼續說。「還有他母親做的密碼石，八片當中他找到了兩片。我們相當確定她把配方刻在石頭上，不過也有可能刻的是暗語或是地圖，這個……呃……還不能確定。」

「猜來猜去，猜夠了吧。我們派美洲豹去辦。」

「好極了。呃……說到這個，獅子，我要怎麼和美洲豹聯絡？」

「我想不必多此一舉。」

普雷史考特垂下眼睛，點了點頭。布魯姆並不信任他。不然就是開始對他失去信心。也有可能兩者皆是。

「我想不用再去追蹤他了。」布魯姆說，「接下來該讓他自己來找我們。」

「你是說……？」

「我們早料到有可能走到這一步。你還在崗位上吧？」

「嗯……是的。」普雷史考特起身走向靠在門邊牆上的衝浪板。冰藍色的浪板漆著藍色和綠色條紋，以大膽的筆觸模仿碎裂的浪花。他原本覺得顏色太鮮豔，但是馬可說很適合他。普雷史考特本以為自己會討厭衝浪，但馬可要他相信，只要他放輕鬆，讓身體自己找到在海裡的韻律，慢慢就會愛上那種感覺。馬可這兩件事都說對了。

「小鬼手裡有密碼，而我們很快就會有他想要的東西。」布魯姆說。「到時候，我們就能來一場愉快的小小交易。不成也無妨。」

布魯姆的爐火忽然嗶剝爆裂。普雷史考特瑟縮了一下。他老闆是不講公平交易這一套的。跟希西嘉・布魯姆打交道，不是全有，就是全無。

「我會派科莫多龍和蠍子過去。」布魯姆還在說。「這樣你人力應該很充足了。這一次你總該搞定了吧，眼鏡蛇。」

普雷史考特用手指撫過衝浪板邊緣平滑的弧線。「包在我身上，老大。」

22

克魯茲在小海灣碧藍的海水裡划著衝浪板，看見一道浪在布蘭迪絲後方升起。浪湧到她身體下方的瞬間，她跳上衝浪板，雙臂平伸開來。她把衝浪板對準了浪卷的方向，往左轉，再往右轉，然後又回身左轉。經過他身邊時，潔白的牙齒對他綻放燦爛笑容。她就這樣乘在浪頭上，直到海浪漸漸消退。布蘭迪絲真是衝浪高手！看她衝浪好像很容易，厲害的人都是這樣。

克魯茲不太有信心自己的技術比得上她。在冰島衝浪跟在夏威夷衝浪是兩回事。比方說，冰島十月的水溫比隆冬時的哈納列灣冷了不只十度！這代表這裡的衝浪客一定要從頭包到腳。克魯茲穿上氯丁橡膠潛水衣、面罩、手套和衝浪長筒靴之後，體重足足多了好幾公斤。他覺得自己像一頭手腳不協調的海豹。還有，這裡不像家鄉有柔軟的沙灘，浪也不是那麼溫和。在這裡，他們得小心翼翼走在岩石嶙峋的半島上，繞過路上的巨礫，然後就跳進波濤洶湧的海裡。克魯茲敢說光是要通過第一道浪，他就已經吞了一缸海水。

不過，克魯茲一感覺到衝浪板底下熟悉的湧浪升起，就把這些困難都拋到了腦後。他向上一跳，在浪板上踩穩腳步，小小晃動幾下，就抓到了平衡感。現在準備好了，克魯茲一個蛇行迴轉，掠過往岸邊推進的浪峰表面。他忍不住小聲地喊著：「嗚呼！」他可不想在布蘭迪絲面前大歪爆，還有亞米和莎樂，他們也在岸邊的岩石上聚精會神地看著。等到海浪漸漸平緩下來，克魯茲才敢抬頭眺望海灣周圍遼闊的山，這些山的形狀像鐵砧，山頂覆蓋著白雪。他等不及想告訴蘭妮在冰島衝浪的感覺——問題是得先聯絡上她。

昨晚莎樂、亞米和布蘭迪絲都在的時候，他按照原本的計畫想打給蘭妮，但是她沒有接。考艾島的時間是星期六下午，她八成又跟那個叫黑屈的傢伙去騎馬了。克魯茲一度慎重考慮不要等她，直接開啟媽媽的日記聽第三條線索。他也應該要那麼做，這樣才公平，誰教她要放他鴿子。好吧，他是沒有認真考慮要這樣做，但蘭妮昨天至少能傳個簡訊給他吧。不然今天也可以啊。等他聯絡上她，他一定要跟她大發脾氣。好吧，他只會發個小脾氣。畢竟是蘭妮做的護套讓日記沒有被崔普破壞。希望如此。克魯茲還是有點緊張，怕全像投影再也打不開。

克魯茲和布蘭迪絲又衝了半鐘頭的浪，直到亞米揮手叫他們回來。克魯茲不怪亞米想回獵戶座號休息。枯坐在石頭上一定很冷。亞米和莎樂本來也想下水衝浪，但是布蘭迪絲建議他們不要。現在，跟綁手綁腳的潛水衣、捉摸不定的海浪和狂暴的側風搏鬥過之後，克魯茲終於明白她為什麼要勸阻他們。這裡一點也不適合初學者。

克魯茲趴上衝浪板，慢慢划水往岸邊移動。今天是獵戶座號啟航前的最後一天。他沒想過在回家探望之前居然有機會衝浪，能用這種方式結束在冰島的時光，真是再完美不過。明天船就要出港，克魯茲一定會想念這片冰與火的土地，但另一方面，他也已經等不及出發尋找媽媽的下一塊密碼石了。接近岩岸的時候，克魯茲站起來，拾起衝浪板，跟著布蘭迪絲走上岸，小心繞過溼滑的大石頭，走向他的朋友。

他看到亞米在講電話。莎樂遞給他們一人一條毛巾。「是蘭妮。」她說。

「總算！」克魯茲擦乾臉，接過亞米遞來的電話。「蘭妮，你到哪裡——」

「我一整天一直在找你……」她上氣不接下氣。

「你一直在找我？」他笑著說。「我們出來衝浪啦。你真該看看這裡的浪，蘭妮——」

「你沒事吧？」

「沒事啊。」他爸爸一定跟她說了冰洞崩塌的事。

「你爸爸呢？他是不是去看你了？」

「我爸？來冰島嗎？沒有啊。」

「所以你沒收到他的消息？」

「我昨天跟他通過電話，如果你是指這個。」

「但之後都沒有了？」

「沒有。怎麼會問這麼多問題？」

「你爸爸他……他失蹤了。」

克魯茲呆住。「失蹤？」

「我昨天鋼琴課結束後順路去了高飛腳，但他不在店裡。」

「他大概是去海邊或是去爬山——」

「沒鎖店門？也沒告訴提可？」

一陣恐懼席捲而來。他爸爸沒關店就離開了？而且他的助理，也是蘭妮的哥哥，也不知道他在哪裡？

「不可能，這絕不是他會做的事。」克魯茲說。

「媽媽和我以為可能是你有急事。」

「不是我。會不會是別人？我的堂兄弟姊妹，或者我爸的朋友？」

「大概是吧。」蘭妮說，但克魯茲聽得出她不太相信。

「我們先掛斷。我現在就打給他。」克魯茲說。

「好。你有消息就傳簡訊給我。」

「你也是。」

「我會。不要擔心，克魯茲。我相信他會出現的。可能就像你說的，他去幫忙哪個朋友或你們家的哪個親戚了。」

「是啊。」克魯茲說，雖然他的胃已經開始翻攪。「晚點再聊，拜拜。」

克魯茲想打給爸爸，但他的思緒太混亂，冰冷的手指不聽使喚，還得請布蘭迪絲替他撥號。他爸爸沒接電話，克魯茲改打給瑪莉索姑姑。

「先回船上。」她指示他，「我這邊調查看看。」

接下來六個小時，克魯茲每隔二十分鐘就撥一次他爸爸的電話號碼，總共撥了十八次，每一通都轉接語音信箱。他也傳了數十則訊息，全都未讀未回。瑪莉索姑姑聯絡他們的親戚朋友，還有高飛腳的離職員工，但超過二十四小時以來，沒有人看到克魯茲的爸爸，或知道他的去向。她甚至打給考艾島當地的警局和醫院，但這段時間沒有車禍或船隻事故，沒有人溺水，也沒有身分不明的傷患。馬克・柯羅納多彷彿就這樣人間蒸發了。

隔天一早，獵戶座號啟程離開雷克雅維克港。克魯茲站在房間陽臺的甲板上，看著船漸行漸遠，把四周的漁船、多彩的屋頂、平頂的山脈拋在後頭。他用拇指和食指捏著諾里的獵鷹羽毛在指尖旋轉。他暗自猜想：他爸爸失蹤和涅布拉有關嗎？還是另有原因？會不會是爬山時走錯了岔路？說不定他在步道上失足滑下山坡，困在哪個露頭上等待救援？這麼多的可能性，沒有一個是好的。

克魯茲上半身探出欄杆，盡可能讓陸地停留在他的視野中。等到冰島的陸地只剩下漆黑的輪廓，襯著長春花色的天空，他才站直身子。克魯茲轉身望向海平線。前方空無一物，只有一片冰冷灰暗的海水，和一道道浪尖的白沫。

克魯茲放開手裡的羽毛，看羽毛乘著北風旋轉，忽而向左忽而向右，最後飄落在陰鬱的海面。

「爸，」他低聲呢喃，「你在哪裡？」

（敬請期待下集）

虛構故事背後的真實科學

想像與一群露脊鯨一同游泳並為鯨魚拍攝照片、駕駛水下載具到海洋深處探索新的螢光物種，或是到冰島健行測量冰川。這些都是國家地理學會的探險家實際做過的冒險，他們為了保護地球所奉獻的心力，是本書的靈感來源。

艾莉卡・博格曼
Erika Bergman

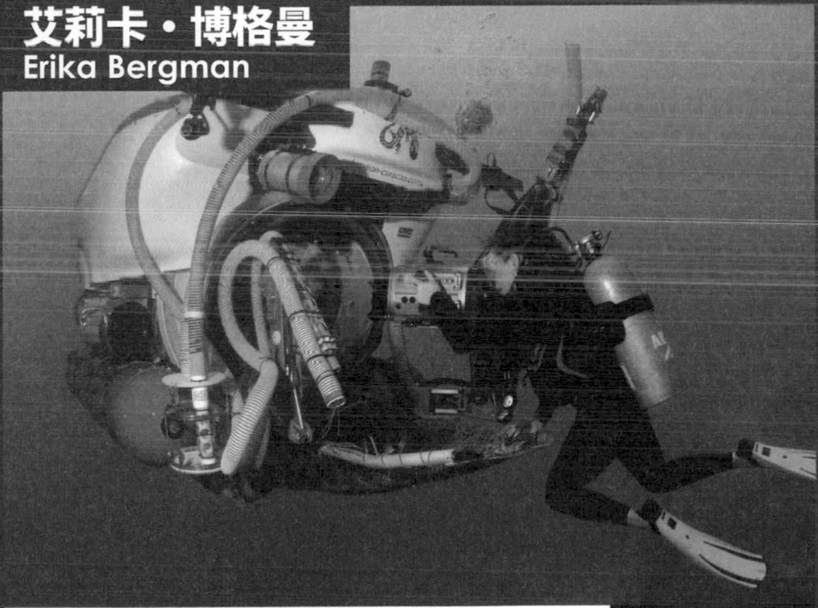

克魯茲搭上雷利號的冒險結果或許不如預期，但他第一次踏進迷你潛水艇時的興奮心情，身為深海水下載具駕駛員的艾莉卡・博格曼很清楚。「就算那個潛點你去過上百次了，每一次潛水依舊是完全不同的體會。海洋還有非常多我們不了解的地方。每一次潛水都能看到意料之外的新事物。」

點，位於挪威到北極的中間點，在一座山的深處。種子庫內收藏了全球多樣性最豐富的農作物，是避免全球植物滅絕與糧食來源斷絕的安全網。探險家迪諾・馬汀斯雖然沒進過種子庫，但他很了解生態系與生物多樣性之間微妙的平衡，也知道需要多麼小心維持物種平衡，才能讓農作物長得好。馬汀斯最關注授粉者的保育——包括蜜蜂（真實的魅兒！）以及其他負責確保人類的農作物未來能永續發展的昆蟲。

大衛・格魯伯
David Gruber

就像鯨魚利用聲音求生，有些生物會利用視覺獲取生存上的利益。探險家學院的學生穿的生物螢光外套雖然是虛構情節，但真的有許多動物，如螢火蟲、水母和鯊魚，仰賴這種生物化學反應在自然界求生存。生物螢光有助於驅趕捕食者、吸引獵物、尋覓配偶。科學家與探險家，例如大衛・格魯伯，也開始研究生物螢光對人類的用處。格魯伯發現有一些具有生物螢光的生物，身上的某些蛋白質可用於追蹤癌細胞或照亮大腦局部區塊，幫助醫生診斷疾病。也許有一天我們能看到生物螢光樹木用它的自然光照亮道路，減少點亮街燈需要消耗的電力，或是生物螢光的農作物，能在需要澆水施肥的時候發光告訴農夫。

想認識更多與這些主題相關的內容及投入研究的熱情探險家，請上探險家學院網站！

exploreacademy.com

虛構故事背後的真實科學

迪諾・馬汀斯
Dino Martins

斯瓦巴種子庫，克魯茲在他媽媽留下的種子袋內找到羽毛的地方，是一個真實存在的地

M.傑克森
M Jackson

不過對地球上的冰川來說，未來可能沒有那麼光明。冰川不只是巨大的冰塊，更是環境重要的一部分，可提供水源、形成地方天氣、塑造地貌，也是突顯氣候變遷的重要線索。國家地理探險家M.傑克森耗時多年研究氣候變遷對冰島及全球冰川的影響。她相信冰川對人類有很重大的意義，不僅限於直接的影響：「有史以來，無數的人目睹冰川、記錄冰川、為冰川發聲。我的研究發現，冰川啟發靈感、儲存記憶、直接連結文化與地景、提供心靈上的滿足、也讓人與分布於地球各處的宏偉力量產生連結。」本書場景之一的朗格冰川，是冰島第二大的冰川。地球科學家發現由於全球氣溫上升，朗格冰川正在退縮，也就是逐漸變小。數據顯示，假如以目前的速率繼續退縮，朗格冰川和冰島的其他250多條冰川會在兩個世紀內徹底消失。

布萊恩・史蓋瑞
Brian Skerry

水底攝影師兼探險家布萊恩・史蓋瑞對接近鯨魚的感覺一點也不陌生。在第108到109頁的照片插畫裡，克魯茲的身影就是根據真實照片中史蓋瑞的所在位置畫的！海洋科學家雖然還不會「說鯨語」，不過，他們正逐漸解開關於鯨豚語言的一些謎團。科學家發現，北大西洋露脊鯨和其他幾種鬚鯨的嗚咽聲、呼嚕聲、咚咚聲、吱嘎聲和哨叫聲，在水底能傳遞數百公里遠。研究者認為這些社會性動物利用聲音來互相辨認、尋找食物和溝通交流，甚至發現不同鯨群有各自獨特的語彙！科學家也運用這些聲音來保護這個瀕危的物種。像在美國麻薩諸塞灣繁忙的航線上，就有一串智慧型浮標全天候聆聽露脊鯨的歌聲。系統一聽見露脊鯨鳴叫，就會向康乃爾鳥類學實驗室示警，實驗室再把訊息轉達給區域內的船隻，讓船知道要減速並小心鯨魚。

EXPLORER ACADEMY

探險家學院

第三集

雙股螺旋之謎

北緯 30.3205 度 ｜ 西經東經 35.4444 度

克魯茲從口袋拿出密碼石，手掌彎成杯子形狀捧著，不想被保全攝影機拍到。他弓身彎腰，開啟熊貓機，按下藍色的辨識按鈕。看到螢幕出現掃描中的字樣，他拿起機器緩緩掃過總共三塊石頭。一分鐘後，機器亮出辨識結果：

物品：非葉理狀變質石灰岩

成分：碳酸鈣（$CaCO_3$）、石英（二氧化矽，SiO_2）、石墨（碳，C）、黃鐵礦（二硫化鐵，FeS_2）

俗名：黑色大理石

出處：墨西哥

年代：七億兩千九百萬年前

克魯茲的手指在黃色按鈕上方停留了一會兒，那是檢測 DNA 的按鈕。他的心臟怦怦直跳。密碼石上很可能還留有他媽媽的 DNA。他不懂這為什麼讓他害怕，但他就是害怕。就算有也不代表什麼，更改變不了什麼。所以他為什麼要對查明真相這麼緊張呢？克魯茲猶豫了一下，隨即逼自己按下黃色按鈕。等到信號燈亮，他再度用機器掃過大理石片，聽見一聲柔和的嗶聲。

真的有！機器在密碼石表面發現 DNA。

他這麼興奮做什麼？表面當然會有啊。克魯茲摸過石頭。蘭妮、莎樂、亞米，還有瑪莉索姑姑也都摸過。機器八成偵測到他們所有人的 DNA。可是萬一不只如此呢？如果他媽媽的 DNA 也留存在石頭表面，他想知道。他想見她。只是不能在這裡。附近有這麼多保全攝影機，芳瓊和希橘兒也在，天知道還有誰潛伏在暗處？

克魯茲知道他還有十五秒時間，機器才會開始生成 DNA 主人實體大小的影像。其實現在應該只剩五秒了。四秒……三秒……兩秒……

克魯茲用力按下停止。

離開冰島的克魯茲繼續前往千里之外尋找線索。但線索會不會就在他身上？

《雙股螺旋之謎》即將解答！

謝誌

我很幸運有最頂尖的童書出版團隊在背後支持我。謝謝Becky Baines、Erica Green、Jennifer Rees、Jennifer Emmett、Eva Absher-Schantz、Scott Plumbe、Ruth Chamblee、Caitlin Holbrook、Holly Saunders，以及國家地理學會所有為這本書的內容盡了一份心力的人。你們徹頭徹尾是最優秀的。也謝謝我的經紀人Rosemary Stimola，從我的職業生涯之初就開始栽培我，始終保持優雅與幽默。感謝國家地理學會傑出的探險家，每一天都帶給我啟發。特別感謝Gemina Garland-Lewis、Nizar Ibrahim和Zoltan Takacs不辭辛勞支持這個寫作計畫。我欠Karen Wadsworth和Tracey Daniels一個人情，他們用專業又歡樂的態度替我安排旅程，化解旅途中所有突發的小狀況（例如鞋子穿梆！）誠摯感謝西雅圖地區的獨立書店，給了在地作者發光的機會。特別感謝Secret Garden Books的Suzanne Perry、University Books的René Kirkpatrick，及Neverending Bookshop的Annie Carl。我也要感謝Barbara Stolzenburg和Valerie Stein這兩位優秀的圖書館員也是我的摯友。許多教育工作者邀請我與學生分享我對書本和寫作的愛，我要向他們每一個人說聲謝謝！最後謝謝我的朋友與家人，我先生比爾，特別是我父親，他很早就看出我的作家魂，總是極力鼓勵我追求夢想。因為追根究柢，人生少了熱情還算什麼呢？

封面繪圖：Antonio Javier Caparo；內頁圖片除以下標示者外，皆為Scott Plumbe繪製；所有地圖均由國家地理地圖製作。

11 (postcard), paladin13/iStockphoto/Getty Images; 11 (stamp), Susana Guzm/iStockphoto/Getty Images; 61 (paper), Davor Ratkovic/Shutterstock; 62 (sand), Anna Kucherova/Shutterstock; 62 (figures), Zaur Rahimoff/Shutterstock; 62 (whisk), Ingram; 62 (clothes), urfin/Shutterstock; 62 (gold), teena137/Shutterstock; 62 (den), Chris Philpotts; 85, Brian J. Skerry/National Geographic Creative; 108-109 (photograph), Brian J. Skerry/National Geographic Creative; 130-131 (photograph), Jim Richardson/National Geographic Creative; 152, Kay Dulay/Moment RF/Getty Images; 172-173 (photograph), Caios Campos/iStockphoto/Getty Images; 181 (photograph), Caios Campos/iStockphoto/Getty Images; 196 (photograph), Chris Burkard/Massif; 202 (UP), Barry B. Brown/National Geographic Creative; 202 (LO), Mike Parmalee/National Geographic Creative; 203 (UP), Brian J. Skerry/National Geographic Creative; 203 (LO), Brian J. Skerry/National Geographic Creative; 204 (UP), Cecilia Lewis/National Geographic Creative; 204 (CTR LE), Eric Kruszewski/National Geographic Creative; 204 (CTR RT), Randall Scott/National Geographic Creative; 205 (UP), Kat Keene Hogue/National Geographic Creative; 205 (LO), Cengage/National Geographic Creative; throughout (feather illustration), Oldesign/Shutterstock; throughout (abstract technology background), Rabbit_Photo/Shutterstock; throughout (abstract watercolor background), happykanppy/Shutterstock; throughout (abstract curved framework background), Digital_Art/Shutterstock

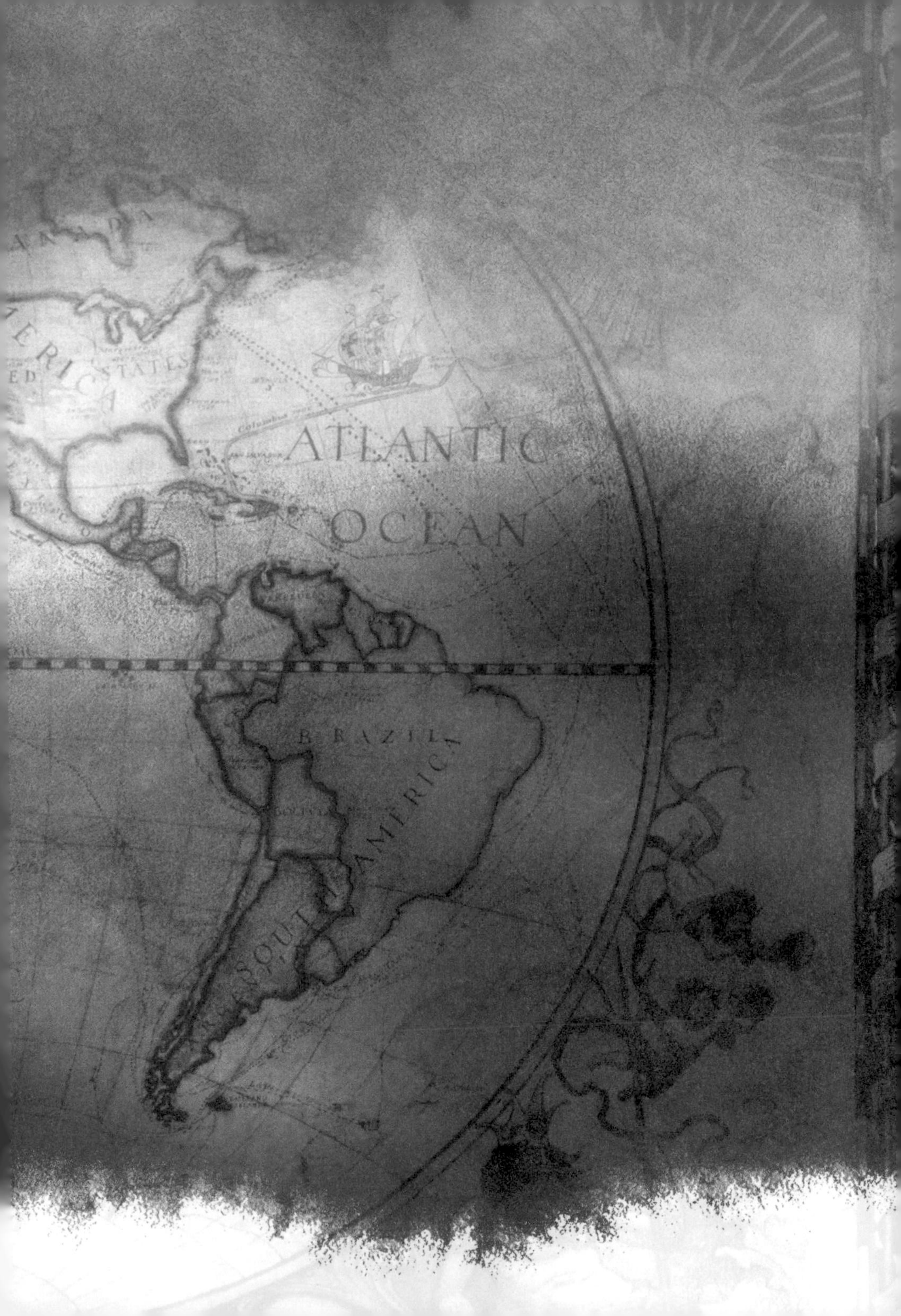
STATES
ATLANTIC
OCEAN
B R A Z I L
AMERICA

NORTH
PACIFIC
OCEAN
SOUTH

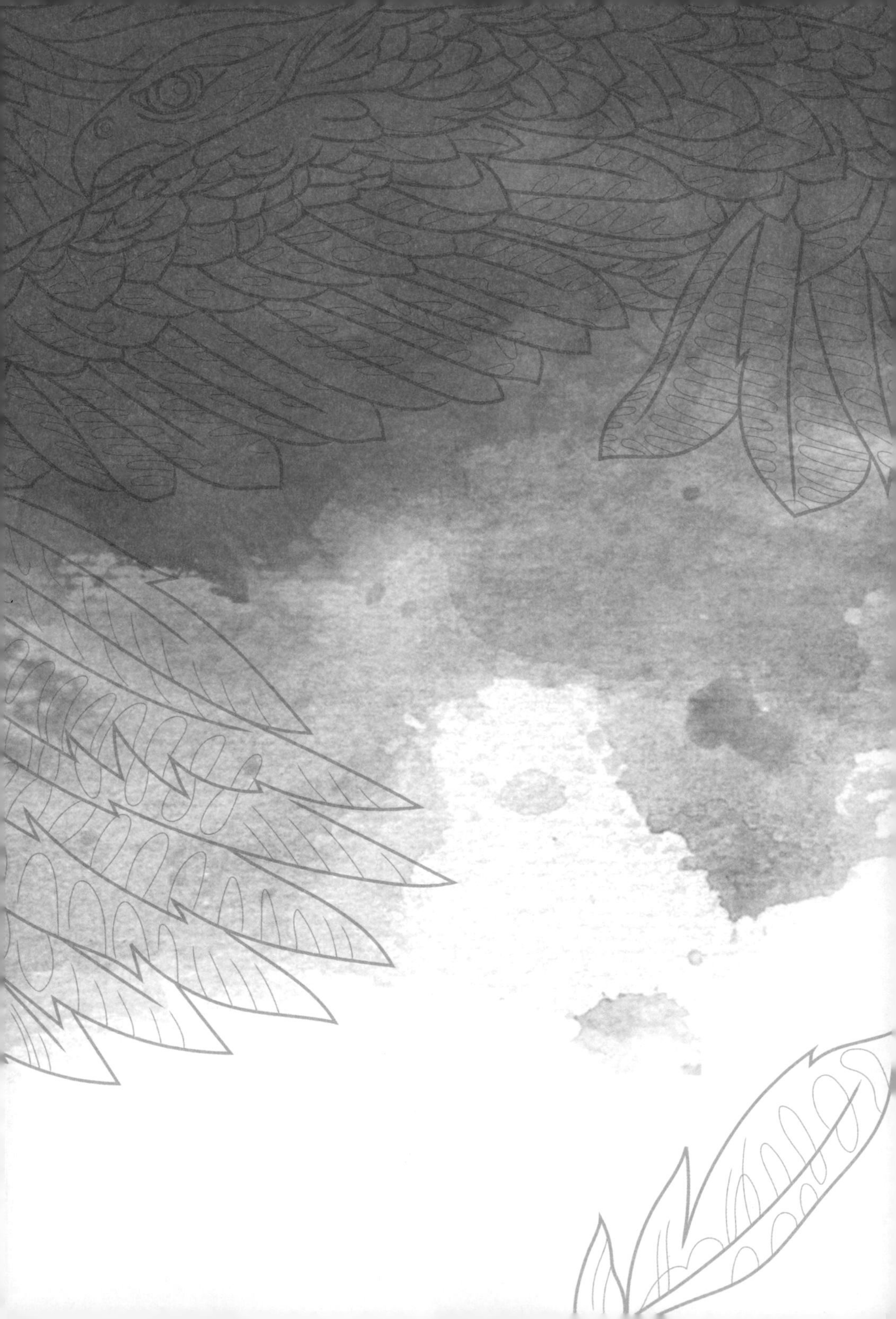